積風二集

馮睎乾序

去年一月，莫名其妙收到一位陌生人的電郵。

他說自己叫郭梓祺，是中學教師，來信是為了約我在年尾的九龍城書節任演講嘉賓。講甚麼呢？好像沒有所謂。又說即使不講，出來見見面也好，末了又不忘小心翼翼補充一句，真的不想見也可以，就當沒收過電郵好了。自己非做不可的份內事，我通常拖拖拉拉，而人家那些無可無不可的事，反而興致勃勃。我就是這樣遇到祺，從此石友論交。

然而祺又何必認識我呢？相遇之前，我發表過的文章算起來五隻手指也嫌太多，又不屬任何文化學術圈子，知名度是零，而他則筆耕不輟（相對而言），早有著作問世，在我眼中更是社交圈子極其廣闊的人（儘管他在別的朋友眼中是「出左名摺」）。我之所以得他垂青，原來是因為他多年前看過我的博客。那個博客我其實早忘記了，儘管它毫無疑問是我人生的某個重要交叉點，在那裏發生過很多如夢的相遇，奇蹟般的交集，但隨着時光的流逝，有些人偶然在我生命中留下來，更多的終究也風流雲散，相忘於江湖。祺來得很晚，可幸是沒有太晚，網誌都成灰了，竟然還有那一星餘火，撲一聲又趕在最後的熄滅前及時重燃起來。真的莫名其妙。

我信萬物彼此牽引，一切相互指涉，某事之所以發生，即使不是命定，也總因為有一個更高的存在要向你暗示別的甚麼——或許我和祺的相識就只能在去年，不能更早，也不能更晚。深究下去注定是徒然的，因為我們頂多只能看到現象的表面，從而作出一些浪漫的推想。當然表面也許已是實相，如歌德論觀物之道，微觀即為全視，「物無在內，亦不在外；其居內者，即處外者。」(Nichts ist drinnen, nichts ist draußen;/ Denn was innen, das ist außen.）現實上的至理，在藝術是相通的，決無內外之分，真偽之別。

祺是一個正直率真的人，子夏所謂「與朋友交，言而有信」，他當之無愧。在文章裏，他依舊素面朝天，誠懇，樸實，認真，沒一句多餘的話，實在難能可貴。如果他不寫書評影評，不寫別人的事，而專注於評論自己，訪問自己，我相信他簡直可以成為當代的蒙田。但祺因為天性如此，「赤誠」似乎也成為他一種執著，甚至以之作為評價人、書或電影等的一個重要標準。西方人有句話："If all you have is a hammer, everything starts to look like a nail." 為了不讓他的長處局限別的可能，執一捨萬，我忠告祺不妨在文章裏多習得一點「狡獪」——當然不是勸他矯情作態，而是尋覓另一把（或幾把）與他平日迥然不同的聲音，那把聲音可能很乖張，可能更溫柔，我不知道是甚麼，但在尋覓和練習發聲的過程中，我相信他勢必探索到一個更真實、更原初也更偉大的自己。

這個異樣而陌生的自己，大概就是一切寫作者所應該嚮往飛馳的南冥了。

二〇一五年五月一日

自序

如《積風集》自序所言，書題源出莊子的「風之積也不厚，則其負大翼也無力」，十年前某深夜，從電話聽佘汝豐老師引此勸勉，至今未敢或忘。風繼續吹，繼續積，繼續讀書看戲寫文章，乃有二集。

《積風集》出版後，家人之珍重最使我慚愧。父親是船長，家姐說，他把我送他的書放在密實袋才拿回船，讀後覺得內容艱難，會把不懂的字抄下查字典。在外國的母親想法有時跟我不算接近，收到了書，還是由衷高興起來。

我也把書送給有份把我養大的姑媽姑丈，書他們未必會看，但正如他們總把我旅行寄來的明信片過膠貼牆，他們就把書安放在組合櫃中。姑媽說，隔鄰住了一個聰明但頑皮的小妹妹，有時會過來坐坐吃東西。姑媽曾拿出那本《積風集》，跟小妹妹說，寫書這個人，以前跟你一樣大，就是住在這裏的，所以要聽話。據說那小妹妹竟因此覺得很厲害。

我出生後六年多，一直住在彩雲邨那十一樓的單位，想起來，很多東西都是從識字不多的姑媽身上耳濡目染。看見跛子不要大聲說「跛」，免人聽了難堪；隧道有盲公彈琵琶，她給我零錢放進他的鐵罐，也提醒不要太大力，有聲，他知道有人給錢便可。諸如此類，都是體貼入微多於規行矩步。雖然偶爾也發現，她會欺騙我，譬如有天我放在廚房的黃色三輪車無故失蹤，她便攤攤手說，給賊佬偷去，沒有了。我就很遲才醒覺，那麼辛苦潛進來，不會笨到只偷玩具，應該是嫌阻地方而給她丟掉。但到今天，只要一起在家吃飯，姑媽還是會特定買條大魚蒸給我，怕我平時少吃，不夠營養。她則總是最遲才碰那條魚。

忘了最初識字是在何時，深刻的倒是升了教會小學後，要學背主禱文。姑媽總在差不多播《歡樂今宵》的時間，帶我到晾着衫的騎樓，開張枱仔，打開手冊，逐一讀出那些異常生僻的文字——畢竟她最着緊的，多是何時拜山和賀誕；我對賀誕晚上長輩在酒樓壇前擲杯和競投花燈，則尤為神往。風吹過，頭上衣服搖晃，黑影幢幢，外面的電視有聲，我分心，她也分心，而且晚了自然想睡，但還是一句一句捱下去：「我們在天上的父，願人都尊你的名為聖，願你的國降臨，願你的旨意行在地上……」

遇到不懂的字，她會進去問我那時在讀中學的堂兄，他可能在專心看電視，印象中多是愛理不理。姑媽走開時，我總被面前狹長的廁所盡處，一個用尼龍網吊在水箱旁的籃球吸引，好像從來無人拿下，只一直如太陽高高掛着，封塵。我現在雖非教徒，卻仍能一字不漏背出主禱文，倒好奇那時姑媽不懂的是哪幾個字，忘了我究竟是怎樣學會的，更不知那籃球的下落。但因並無在禮堂被罰的記憶，應是不久後半推半就便背過去了。

要為第二本書寫序，一想就是上面這些畫面。對曾為我的教育出力的親人而言，讀書識字最大的意義，或許不是求真，而是脫貧，日後可以多吃魚，少吃苦。我不肯定這想法是卑微抑或崇高，但至少我從來知道，讀書識字，往往予人指望：在這艱難的世界，那大抵是條舒坦的路。他們當時一定沒料到我可讀大學，寫文章，把自己的書送給他們。現在，我終可在麻將枱上跟這幾位高手勉強較量，而只要他們想找原子筆而我碰巧又有，他們總習慣笑哈哈說：「吖果然係讀書人。」

就這樣成了讀書人。也無庸迴避吧，書既然真有幸讀過些，遇有好的，能力所及，應令更多人知道；世界已夠不公平，好東西更沒理由一路沉沒。寫文章，都是將不一定要跌在我身上的知識、想法和喜悅攤分開去，盡了力也就無憾。

除跟《積風集》一樣有書話和影評，《積風二集》另有數篇遊記和訪問。我從來覺得，旅行的時候在閱讀，閱讀的時候在旅行，而且總有人在，都是積學儲寶，大開眼界，故不妨結集一處。重讀舊文，發現有時顧此失彼，廢話太多，都增刪重寫，希望書會更像樣。

我要感謝為書編校和作序的馮晞乾先生。跟他相識不久，卻是傾蓋如故，能請這位我佩服的讀書人幫忙，深感榮幸。他曾提醒我不要一味仰視世界，也要有平視和俯視的時候，我覺得切中要害，常因此想着如何長進。

感謝《明報》〈星期日生活〉主編黎佩芬小姐。至今仍素未謀面，她卻對我一直信任。我慶幸這十多年來香港有這份富心思的副刊，能偶爾參與其中，是生活樂事。感謝長期售賣《積風集》的序言書室。感謝曾為這書落力的人，包括再度為我在封面題字的萬偉良老師，畫封面的區華欣。感謝花千樹出版社的葉海旋先生和周凱敏小姐。書中若有訛誤，掃葉未淨，責任在我。

是我幸運，生平竟遇到那麼多對我有恩的師友，所有勸勉指點，都在心中。

是為序。

二〇一五年五月四日於香港九龍城

目錄

馮睎乾序……i
自序……iv

書與電影

真正的閱讀——余英時與陳寅恪……3
遺民寄托——重讀《清初人選清初詩彙考》……9
《石語》與點將錄……15
蚌病成珠——重讀《七綴集》……21
苦中作樂——重讀楊絳……27

輕逸與深情——讀《宋淇傳奇》…………33
剛健與超越——讀《美與狂》…………40
也說《十七帖》…………47
另一種中日關係——讀《茶事遍路》…………53
低低低低的——悼周夢蝶…………57
莊重的小說——重讀《紅格子酒舖》…………63
像我這樣的一個導演——看陳果《我城》…………68
漫漶幽埋，煙消雲散——讀《地文誌》…………74
出游從容《魚之樂》…………79
孰不可忍…………85
博物館與帕慕克…………90

希尼的小詩……96
從果戈里的〈鼻子〉說起……100
求真——奧威爾的散文……106
奧威爾是告密者？……111
改編之難——《大亨小傳》……117
改編之視野——《審判》的笑聲……123
星星之火……129
盲打誤撞，義不容情……134
神探魔探兩不分……141
瞬間看地球……146
瞬間看浪潮……157

地方和人

烏普薩拉 171
艾美利亞 179
伊斯坦堡 187
現代文人古典美——訪王穎苑 200
《少帥》真幻——訪宋以朗與馮睎乾 211

書與電影

真正的閱讀——余英時與陳寅恪

早就聽聞余英時先生的《陳寅恪晚年詩文釋證》是本好書，卻到最近才買了兩年前增訂的新版，一篇篇讀下來，心中激動，深覺他示範了如何做個理想的讀者——拿着一本謎語書而不猜謎，永遠都不曉得謎語奧妙之處。何況那還不是普通的猜謎遊戲。博學如陳寅恪先生，晚年卻要在中共治下苟活，把心事和憤懣曲折地寫進詩中，實在是當代中國摧殘自由之思想的寫照。幸好有後來者余英時作鄭箋，猜謎發隱，否則瓶中信就在汪洋裏永遠飄浮。《陳寅恪晚年詩文釋證》之解謎，就算不直接如瓶中信之終被打開，也最少像流落荒島的人向大海招手之後，遠遠聽見輪船表示會意的一聲氣笛。真有人明白的話，一個就夠。

余英時為陳寅恪寫第一篇文章時只有二十八歲，陳寅恪尚在人間。那是一九五八年，余英時從陳寅恪不能在大陸出版的《論再生緣》察見其心跡，發而為文，是為他研究陳寅恪的開始。在更多考證與論辯之後，余英時逐一寫出〈陳寅恪的學術精神和晚年心境〉、〈陳寅恪晚年詩文釋證〉、〈試述陳寅恪的史學三變〉等文，都收錄在此書當中。文章前後跨越四十年，結為文集，資料不免重複，但由此益見余英時論點之貫徹，最初的直覺與假設都出奇準確。

書中詩文典故的考證頗艱澀，這裏僅舉幾個較易的例子。余英時的論點之一，是陳寅恪以其獨立之精神，不單從未靠攏中共，更認定這個以夷為師的獨裁政權，將把中國文化徹底摧毀。這種話在文字獄盛行的時勢，當然不能宣之於口，連書信也寫得隱晦，例如陳寅恪在一封信中提及自己著書已改用新方法，便說那既非乾嘉考證，「亦更非太史公沖虛真人之新説」。余英時在〈後世相知或有緣〉一文如是收結：

試想太史公和沖虛真人都是老古董，怎麼忽然變成了「新説」呢？其實陳先生這裏用的正是我一再指出的暗碼系統。太史公是司「馬」遷，沖虛真人是「列」御寇，他其實是説，他研究歷史決不用「馬列主義」啊！此陳寅恪之所以成其為陳寅恪也。

信中明顯讀不通的句子固然像謎，貼在門前看來顯淺的對聯也充滿玄機。余英時之見出來之後，中共自然組織反擊。例如馮衣北，即引陳寅恪在一九五九年的門聯「六億人民齊躍進，十年國慶共歡騰」為反證。如此歌功頌德，不是鐵證如山？余英時在〈陳寅恪晚年心境新證〉的回應可謂鞭辟入裏。他憑藉的先是自己對陳寅恪的認識，覺得以其史識，不可能歌頌發動「大躍進」和「人民公社」的政權，復謂以先生的文史造詣，即使要歌功頌德，也會寫得比較得體和有深度。

然後，余英時說明熟知文章體例的陳寅恪，一年前特意寫過一段「歇後體」的文字，點出門聯實用歇後：『六億人民齊躍進』的下面半截沒有說出來。六億人民一齊躍進甚麼地方呢？躍進火坑、躍進地獄、還是躍進深淵？這是要讀者自己用想像去填補的。」說服力固然未足，他補充：

> 「十年國慶共歡騰」的「共」即是共產黨的「共」。所謂「十年國慶」只是「共」產黨的「國慶」，也只有「共」產黨才「歡騰」。陳先生把「人民」和「共」產黨放在一副對聯的兩面，他的意思還不清楚嗎？

孤證不立，余英時接着指出陳寅恪在詩文中用「共」字暗指「共產黨」的其他例子，如〈聞歌〉一首：「江安淮晏海澄波，共唱梁州樂世歌。座客善謳君莫訶，主人端要和聲多。」所聞之歌是甚麼？主人和座客又是誰？詩中的「共」字是雙關語：「共產黨自己歌頌太平，卻要知識分子跟着和唱，而『善謳』的『座客』也真多得令人驚訝，這是全詩的命意所在。」至此，余英時的反駁可稱圓足。對比馮衣北強把陳寅恪在一九五〇年寫下的「領略新涼驚骨透」一句，解作「不意共產黨待我如此之厚」，以及透骨新涼「並非貶語則甚明」等，相距不可以道里計。余英時回應說「如此說詩，誠足解頤」，已是相當克制的嘲諷。

詩無達詁，卻不代表讀者就可隨便穿鑿附會。余英時尊重證據，隨時是服善而修正己見。例如當有人提出陳寅恪詩中「弦箭文章」一典更合理之說法，余英時即承認：「我在原文中所引袁紹以箭弩著稱云云，其實全不相干」等。這坦然，令我想起他在〈紅樓夢的兩個世界〉的一條注釋。他在這篇經典文章有「大觀園就是太虛幻境」之見，並在句後施注，謂重翻俞平伯《讀紅樓夢隨筆》，才發現此見早為嘉慶本評者道破，俞平伯之轉語亦早有此說。余英時寫道：

俞先生最後一句話和我的說法一字不差。足見客觀的研究，結論真能不謀而合。《隨筆》我曾看過不止一次，但注意力都集中在前面俞先生自己心得的幾節，居然漏掉了這條吞舟之魚。本文既已寫就，改動不便，特補記於此，以誌讀書粗心之過。

單是一條注釋已知其為學的態度，亦可見要做到文證詳悉，實不容易。

回到余英時箋注陳寅恪詩之法。用得不好，那固然是疑神疑鬼，草木皆兵，故《陳寅恪晚年詩文釋證》亦有專講方法論的文章，分析這種暗碼系統的解讀，牽涉詮釋學與史學問題。但我想，有兩個方法最能概括他這種讀書態度。

其一，貫穿書中各篇文章的，全在「心」字。不論心情、心史、心境、心事、心曲，均離不開一種將心比己的代入，類近余英時形容陳寅恪寫《柳如是別傳》時之「歷史的想像力」：王國維自沉了，去國的機會經已消逝，政府肆意蹂躪讀書人，亡天下之憂思日深，陳端生、錢謙益與柳如是激盪了他的心靈致使他耗盡精力為之發皇心曲，這全是余英時「以意逆志」的背景，再在「發而為詩」的地方搜尋證據。

其二，可用余英時在書中〈書成自述〉的末段歸納。這將心比己，不單是一般的「他人有心，予忖度之」，因為到最後更是合二為一，再也無分彼此了。余英時說：

> 我曾一再說過，我盡量試着師法他的取徑，他怎樣解讀古人的作品，我便怎樣解讀他的作品。從這一點說，這本書不能算是我的著作，不過是陳寅恪假我之手解讀他自己的晚年詩文而已。但我不否認我對此有一種情感上的偏向。因為它已不是外在於

我的一個客觀存在，而是我生命中的有機部分。它不但涉及歷史的陳跡，而且也涉及現實的人生，不但是知識的尋求，而且更是價值的抉擇。此書不是我的著作，然而已變成我的自傳之一章。

真正的閱讀，大概無過於此。

余英時這樣閱讀陳寅恪，結果得到了甚麼？除了一本書和一輪攻訐，余英時告訴我們，在陳寅恪過身十多年後，他得到一封書信，信中有陳寅恪的女兒陳小彭希望轉告余英時的消息。頭一項說，陳寅恪當年讀過余英時的〈陳寅恪《論再生緣》書後〉一文後，説了四字，擲地有聲——「作者知我」。

大陸其實是比較大的荒島，飄流落難的人，卻因寫作與閱讀，心氣相通，最少在浩瀚的時空裏頭，因為人之相知，於孤單中得慰藉。

《明報》二〇一三年六月二十三日

遺民寄托——重讀《清初人選清初詩彙考》

謝正光先生和佘汝豐老師編著有《清初人選清初詩彙考》一書，十年前買來讀過，一點也看不明白。不單用意不明，體例不明，甚至連文字也看不明。後來，那本讀了不到十分之一的書，還要在大意中遺失了，在書店怎樣找也找不回來，懊惱不已。直到去年心血來潮，跟佘老師提及此事，一天午膳，他把舊作放在公文袋中贈我，才有緣重讀做筆記。

而今重讀，總算約略明白，此書立意是從五十五本清詩選集，詩史互發，考察遺民遺音。體例參考朱彝尊《經義考》。首列書名、卷數，下有作者小傳等；每書立著錄、版本、序跋諸目，篇後多附編者按語，「就該書宗旨、選詩標準、以至其文學、史學之價值，凡序跋一目所未及者，就所見擇要說明」。是故全書文字，以各詩選之序跋和凡例為主，按語為副，俱為古文。幸好有電腦這偉大發明，讀書時要查字找資料，都較過去方便得多。

單就五十五本詩集之序跋和凡例，可以看出甚麼？粗看會覺得重重複複，動不動就上溯到詩三百如何如何，千篇一律。但細讀卻發現，從序跋和凡例，每能窺見一書之懷抱與法度，甚或更幽渺之寄托。既然如此，《清初人選清初詩彙考》本身之序跋和凡例，自不能輕易放過。首篇序言出自《清詩紀事》編者錢仲聯先生手筆，從詩選源流入手，稱許是書「有功史部詩苑，詎不偉哉！」。次篇由汪世清先生所寫，特重本朝人詩選如輯佚等史學價值，並謂前世詩人之力作，「倘被沉霾，豈非千古憾事」。

至於書中〈凡例〉，首條前段云：「甄選本朝人詩歌彙集成書，肇始唐人選唐詩。若清人依倣之者，為數甚多。今取其成書之止於乾隆二十六年之諸選集」。本朝人之詩歌彙選，去取之標準跟後世或有不同，舉唐代最著名之《河嶽英靈集》為例，所選二十四家即無杜甫，跟清代的《唐詩三百首》大有逕庭，但這正能提醒讀者莫犯以後證前的毛病。但重讀時起初還不明白，為何要止於乾隆二十六年？這疑惑要一直讀到壓卷沈德潛的《國朝詩別裁集》，才能解開。

詩是文學，但清初人選清初詩卻遠遠不單牽涉文學，正如〈凡例〉其三所云：「審諸集所甄錄，往往以朱明之遺民與新朝之貳臣並列。若錢謙益、屈大均、澹歸、龔鼎孳、呂留良輩，則其人固為新朝所厭惡者。況入錄之作，每雜以黍離麥秀、荊棘銅駝之思。此又豈清主所能容？」黍離麥秀指悲故國，荊棘銅駝指天下亂。明亡清興，於清室而言，不歸順的遺民固然不識好歹，投靠之貳臣也可能心懷不軌。寫詩吟風弄月猶自可，不意發起牢騷，就很麻煩。所以此條凡例接着說：「故諸集多列名於乾隆禁燬之目，固非無因。然職是之故，當年漫布坊間之選本，遂被今日藏家視為天下獨有之秘笈。可勝道哉？」由此可以想見，兩位編者單在搜羅藏書就要多大氣力，從「附錄一」可見藏書分佈中國各省、台灣、日本和美國等地；「附錄二」則為〈清初詩選待訪書目〉，力未能及，只好以俟來者。果然，書成後即有學者撰文為之增補，誠為學林美事。

列於卷首為馮舒《懷舊集》。馮舒字已蒼，生於萬曆二十一年，五十一歲經歷明亡，入清不仕。晚清潘景鄭為《懷舊集》作跋，謂原書自序末處只寫「太歲丁亥」，不列清國號：「知先生惓懷故國，義無帝秦之私，此其所錄，聊當黍離麥秀之歌而已」。馮舒被人誣告時，《懷舊集》即為把柄，書中所收「胡兒盡向琵琶醉，不識弦中是漢音」等句，更成其懷二心之佐證，馮舒最終屈死獄中。

《清初人選清初詩彙考》按語着眼於馮舒為所選詩人而作之小傳，謂其輕詩藝，重寫人，人又可成兩類：「一則多言其人如何伉爽負氣，傲然獨往，於是記其行事磊落恢奇，使人孤憤激烈；一則好述讀書嫻古之士，既蹭蹬科場，復困頓於亂離，乃敘其人之窮愁以死，使人悲鳴長號。」然後筆鋒一轉，及於馮舒之身世：「然則已蒼撰小傳於滄桑之後，既以傳人，實以之為自傳；既痛逝者，行自念也。」可算成人成己。按語最後舉王士禎的《感舊集》為例，謂其作旨蓋仿《懷舊集》，點出清人選集間之淵源。

王士禎晚號漁洋山人，清初詩壇名家，他為《感舊集》寫自序時，馮舒已謝世二十五年。《感舊集》於王士禎生前未嘗刊刻，朱彝尊為之序，見所選多為山澤憔悴之士，便以明代畫有芳草鬥雞的酒杯為喻，謂其雖不如今日盛行的景德鎮瓷碗精巧，但獨具意態，識貨者自能分辨。最後說「然則先生亦取夫芳草鬥雞之酒缸，足以傳於後而已」。但書既未刊行，故人亦難傳世。可幸，王士禎歿後四十年，盧見曾輾轉得到此書抄本，乃為之整理補傳。《清初人選清初詩彙考》按語稱盧見曾「愛古好事」，並謂「盧氏既能糾合學者詩人，以獅子搏兔之力為是書採輯補傳，宜其書搜討精博，法度井然。漁洋當無憾焉」。

這無憾真是力重千鈞，但《感舊集》還有下文。民國五年，詩人陳衍又作《感舊集小傳拾遺》，補盧見曾所未足。陳衍號石遺，今人知道他，不少或因錢鍾書的小書《石語》，書中多為陳衍對當時學者之品評，少褒多貶。然則陳衍晚年何以要作《感舊集小傳拾遺》？

《清初人選清初詩彙考》之按語，點出陳衍補上之八十七人幾半是明遺民，由此引申到陳衍身世：「陳氏為光緒八年舉人，嘗食俸於清廷。辛亥革命之後，蟄居滬上，以遺老自居。其傳明遺民之行事，蓋不能無所寄托者明矣。」這寄托，或即在新世代的手足無措中，以增補拾遺、鉤沉發隱等不起眼的功夫，為舊時代做些看來微不足道的事，精神近於孔子的述而不作，欲傳舊多於創始；懷抱則如前述論馮舒《懷舊集》之按語：「既以傳人，實以之為自傳；既痛逝者，行自念也。」

至於《清初人選清初詩彙考》為何止於乾隆二十六年，讀到沈德潛的《國朝詩別裁集》便一目了然。沈德潛號歸愚，詩曾見賞於王漁洋，六十七歲高齡方中進士，爾後受乾隆恩寵，二人時有唱和之作。乾隆曾有詩謂「我愛沈德潛，淳風挹古初」，沈德潛辭職歸里時，乾隆又把詩集予他潤飾，並謂：「朕與德潛以詩始，亦以詩終。」至乾隆二十四年，沈德潛作《國朝詩別裁集》，求序於乾隆。乾隆閱後大怒，於二十六年所作序言，以三事訓示沈德潛，尤重者為選集以「不忠不孝」之貳臣錢謙益冠首，直斥沈德潛「老而耄荒」，乃命內廷翰林重為校定，改以乾隆叔父慎郡王居選集之首，盡削錢謙益及詩之有怨誹者，刻本板片悉數燬去，不得存留。

一石擊起千重浪，此事餘波未了，影響直至沈德潛身後，《清初人選清初詩彙考》按語列五事細論之。沈德潛死後十年，江蘇發生徐述夔《一柱樓詩》「逆書」案，詩有「明朝期振翮，一舉去清都」等句，明清對舉。沈德潛曾為徐氏作傳，推許其「文章品行皆可法」。乾隆知之大怒，下令追奪德潛階銜、祠謚，並磨燬移棄其墓前碑石。按語第五事末段云：「歸愚生前以文學受知，死後乃以文學致禍。」此二句，可與乾隆「朕與德潛以詩始，亦以詩終」相呼應，只是對比起來，卻甚淒清。

按語末段，引錄乾隆晚年憶及沈德潛的詩句作結，最後如此收束全書：「詩中『其選國朝詩，說項乖大義』，遂開清初操選者為朝廷干預之先河。今編是集，以歸愚之《別裁》終，亦緣於此。」文學貴能獨立於道德教化與政治干預，否則生命力將大為折損，人的性情流露亦受阻礙。清初人編詩選固多寄托，今人編清初選集也不無寄寓。謹以佘汝豐老師收於合集《歲華》的七絕〈題清初人選清初詩〉，為拙文作結：「躑躅南疆欲碎琴，儒林耿亮此遺音。江山目倦騷人唱，記取春秋一寸心。」

《明報》　二〇一四年二月九日

《石語》與點將錄

《石語》是錢鍾書先生最易讀的一部文言著作。一來因為短，手上中國社會科學出版社的一冊，只有四十八頁，一半還是手跡影印，正文只得二十餘頁。二來因為此書是清末詩人陳衍的語錄，閒話家常，少了錢鍾書擅長那種排山倒海的引經據典。早前重讀《石語》，因其中枝節借閱了一些書，長了見識。且從《石語》說起。

陳衍號石遺，曾為張之洞幕僚，著有《石遺室詩話》一書。《石語》是錢鍾書少作，卻到晚年才刊行。序言寫在一九三八年，錢鍾書其時還在巴黎，憶述與陳衍之交往，先記一九三五年陳衍八十大壽的酒宴，「席散告別，丈憮然曰：『子將西渡，予欲南歸，殘年遠道，恐此生無復見期。』」錢鍾書當年八月西渡牛津升學，同年冬天二人以詩互通音訊，再過兩年，便收到陳衍過身的消息。感嘆之餘，想到中日戰事之形勢，尤恐其人其學難傳於後，於是復記與陳衍之初遇。

時維一九三二年陰曆除夕，錢鍾書二十二歲，陳衍請之一同度歲，言談甚歡：

「退記所言，多足與黃曾樾《談藝錄》相發。因發篋陳稿，重為理董。」黃曾樾是陳衍學生，曾作《談藝錄》記老師所言。《石語》受其引發，也是陳衍語錄之整理，多記他對其時詩人學者之品評，錢鍾書偶然施注或附己見於後，當年受獎勉之語一仍其舊，「一以著當時酬答之實，二以見老輩愛才之心」。

但讀《石語》，最深印象不是陳衍之愛才，而是其尖刻，當中以二條最絕，一貶黃節，一譏王闓運。黃節原名晦聞，曾作曹植、阮籍、鮑照、謝朓等人詩注。《石語》記陳衍謂：「清華教詩學者，聞為黃晦聞，此君才薄如紙，七言近體較可諷詠，終不免乾枯竭蹶。又聞曹子建阮嗣宗詩箋，此等詩何用注釋乎？」意思是，不獨寫詩不行，注詩亦無眼光，把黃節彈得一文不值。

陳衍譏王闓運一條，尤見他與錢鍾書一老一少之一唱一和。王闓運字壬秋，號湘綺，清末詩人，以詼奇著稱。《石語》曰：「王壬秋人品極低，儀表亦惡，世兄知之乎？鍾書對曰：『想是矮子。』丈笑曰：何以知之？曰：『憶王死，滬報有滑稽輓詩云：「學富文中子，形同武大郎」，以此揣而得之。』曰：是矣。其人嘻皮笑臉，大類小花面。」人死了，上海報章所登輓聯仍不忘戲謔。武大郎又矮又醜，錢鍾書順着陳衍謂王闓運人品低、樣子惡，再推言其矮，一定把老人家哄得高高興興。

錢鍾書在《石語》之按語，有時像跟陳衍隔空對答。譬如陳衍評價錢鍾書之詩謂：「世兄詩才清妙，又佐以博聞強志，惜下筆太矜持。」少年老成，是長處也是局限。年僅廿八的錢鍾書按語只得一句：「丈言頗中余病痛。」似是自知其短，長輩一語中的，可以想見其低頭領教之神情。

但錢鍾書對陳衍也不盡是唯唯諾諾。如陳衍深許詩人趙堯生，錢鍾書即謂「此過相標榜。堯生詩甚粗率」云云。此條接記陳衍自云曾掛趙堯生所贈楹聯於臥室，一晚夢回，忽覺其悲苦如輓聯，急急拿走。錢鍾書猜中聯語是「一燈説法懸孤月，五夜招魂向四圍」，並謂汪辟疆《光宣詩壇點將錄》亦引此聯作陳衍贊語。錢鍾書於按語謂：「後晤辟疆，知丈以《點將錄》中僅比之為神機軍師朱武，頗不悦。余亦以為辟疆過也。」清人舒位有《乾嘉詩壇點將錄》，借《水滸傳》梁山一零八好漢之座次排列，評點乾隆嘉慶年間詩人，領導群雄的「詩壇都頭領三員」，分別為沈德潛、袁枚及畢沅。

汪辟疆也為光緒宣統間詩人做過點將錄，以「想是矮子」的王闓運為舊頭領，下面都頭領二員，一是陳三立，一是鄭孝胥。陳三立即陳寅恪父親，陳衍於《石語》批評其詩千篇一律，避熟避俗到了矯揉的地步。陳寅恪曾謂陳衍「晚歲頗好與流輩爭名」，與陳衍對父親之批評不知有否關係。至於鄭孝胥，陳衍於《石語》先云其詩「專作高腔，然有頓挫故佳」，再謂其人「近來行為益復喪心病狂，余與絕交久矣」。鄭孝胥一九三二年隨溥儀往滿洲，任滿洲國總理。

《光宣詩壇點將錄》在此三人而下，再舉陳寶琛和李瑞清二人，再下方為陳衍。汪辟疆比之為朱武，謂朱武「雖無十分本事，卻精通陣法，廣有謀略」。錢鍾書說陳衍因這評價不悅，就不難明白了。

點將錄這形式，雖如茶餘飯後的人物品鑒，亦極須識見和眼光；把人物排序之餘，還要吻合各梁山好漢的氣息，可算是無傷大雅又有趣味的遊戲，甚或另類學術論衡。後來發現，近人胡文輝也寫過一本《現代學林點將錄》。以前翻過他的《陳寅恪詩箋釋》，詳實可信，由他來評論學人當有可觀之處。馮永軍為書作序，略述「點將錄」之淵源。肇始者為明代閹黨中人王紹徽之《東林點將錄》，為攻擊東林黨人而作，類近今日之黑名單，為魏忠賢所喜。清人舒位首先將點將錄用作文學批評，下開各種詩壇詞壇點將錄。

在書中，胡文輝於每則先論學者之身世背景，復論其學問之取向與造詣，間中穿插軼事，最後以絕句作結。書中學者都非等閒，要熟悉一兩位已不容易，何況是一百零八個；要讀的書都未讀，無謂亦無力多置一辭，故看時只着眼於胡文輝如何呈現學者之身影，算是對他們多了概略的認識。唯一覺得奇怪是見張五常亦在錄中。雖云學術不止文史哲，但正為美斯、比利和碧根包華分高下時，突然加插姚明，便教人手足無措。

胡文輝以章太炎為「舊領頭一員」，雖然居眾人之首，卻自言是似揚而實抑。接下來，他以胡適為宋江，王國維為盧俊義，數下去則繼有傅斯年、陳寅恪、陳垣、羅振玉、顧頡剛和錢穆等。胡文輝比錢鍾書為雙槍將董平，先是無可避免褒揚其博學，然後說：「但論學術趣味，他視野所及，始終以語文修辭現象為中心，大體不出詞章之學的範圍。」這應是公道的話，胡文輝在注釋說錢鍾書「可謂以經、史、子比作集部看」似更精準，以平衡種種誇大溢美之辭。當然，「始終」和「大體不出」等話說來容易，誰都知道要精通經史子集任何一部，是件如何艱難的事。何況錢鍾書還熟悉西方經典，手上雙槍都尖銳無匹，又能交替運用，揮灑自如，驚人得很。

胡文輝之後謂，錢鍾書青年時批注的《石語》與陳衍唱和貶抑時流，「可見其狂狷的真性情」。胡文輝想着的應是「狂」而非「狷」，錢鍾書年青時詩雖矜持，但他在《石語》的話卻跟陳衍一樣不留餘地。有趣的是，吳忠匡在〈記錢鍾書先生〉曾謂錢鍾書晚年多次強調「人謂我狂，不識我之實狷」，推卻種種嘉許與應酬，大有「乞我虛堂自在眠」的澹泊。

《明報》　二〇一四年三月二十三日

蚌病成珠——重讀《七綴集》

在錢鍾書先生的著作中，文言的無疑較白話的好。文類容或不同，但《圍城》和《人獸鬼》等，感覺都遠遜用文言寫的《談藝錄》和我只讀過少許的《管錐編》。除了語文，這也關乎對讀者的估算，連帶影響到表達的自由：信你會明便可免解釋，知你有興趣就不怕你悶，如同對學徒充滿信心的長跑教練，總不會時時回頭；有幾多人老早氣喘投降自然是後話。但錢鍾書可能沒打算做教練，不過是如《阿甘正傳》的主角，純粹地跑，無日無夜，穿州過省；如入無人之境，跨越古今。

《七綴集》或屬例外。七篇散文雖屬白話，但寫法和語氣都像其文言，部分段落，更似在解釋《談藝錄》和《管錐編》的寫法。自覺無力讀文言，又想認識錢鍾書，此書應是理想入門，以下淺説其中三篇，談的都是藝術。

開首的〈中國詩與中國畫〉不是藝術簡論，而是澄清。讀過「中國文化科」的人都會記得「詩畫同源」，但錢鍾書要説的，正是詩畫各有傳統，賞析的標準不單不同，甚至相反。簡單説，就是畫的傳統以南宗為尚，重乎神韻和簡約空靈等意境，輕工筆；詩之傳統剛好相反，重刻畫。所以詩畫俱佳的王維，在畫壇的地位便遠高於詩壇。

論點再強也要鋪陳，錢鍾書先從文藝作品不免受時代風氣影響這一點入手。但前代的風氣飄渺難測，他的建議是多讀作者同代人的評價，以及他們服膺之理論，比喻簡練如詩：「好比從飛沙、麥浪、波紋裏看出了風的姿態」。何以一開場就要解釋風氣呢？接着讀就明白了：「一時期的風氣經過長時期而能持續，沒有根本的變動，那就是傳統。傳統有惰性，不肯變，而事物的演化又迫使它以變應變，於是產生了一個相反相成的現象」。由這現象便引申到詩與畫這兩個傳統，可算是嚴密而不嚴肅，甚至可親得令人忘卻這短文題目之巨大。

《七綴集》是錢鍾書晚年把舊文合併而成，出版時借機改動。重讀〈中國詩與中國畫〉發現，改動後的詳略和語氣都有不同。提到神韻派的詩在傳統始終是弱勢，例如清人就普遍看輕王漁洋，《七綴集》作：「這已是文學史常識」。我最初讀的卻是原來版本，同處作：「稍有國學常識的學僮都知道這一點，不必例證」，更似錢鍾書會説的話，讀時笑了出來，竟成了全文最記得的一句。改動後卻是收了收，較持重。

〈讀《拉奧孔》〉討論的也是詩和畫，不過用的是外國例子。拉奧孔（Laocoön）

是特洛伊祭師，因警告同胞城門前的木馬或含奸計，觸怒了袒護希臘人的阿波羅，被害慘死，後來希臘人乃以雕像刻劃其苦相。德國作家萊辛（Gotthold Lessing）寫了《拉奧孔》討論造型藝術與文學各自之界限。錢鍾書由此引申，比對畫與詩的長短，拿來與宗白華就相同題目而發的美學文章對讀，就更豐富。

撇開論點，錢鍾書似把兩段自辯嵌在文章首節。他先說，也許有人認為文學作品裏三言兩語的見解，總像雞零狗碎不成氣候；重點卻其實是之後幾句：「不過，正因為零星瑣屑的東西易被忽視和遺忘，就愈需要收拾和愛惜；自發的孤單見解是自覺的周密理論的根苗。」

這不是夫子自道嗎？他的《談藝錄》屬筆記體，欠系統，葉恭綽讀後謂有「散錢無串之憾」。〈讀《拉奧孔》〉接下來的一段，便似表明這取捨的因由：「更不妨回顧一下思想史罷。許多嚴密周全的思想和哲學系統經不起時間的推排銷蝕，在整體上都垮塌了，但是它們的一些個別見解還為後世所採取而未失去時效。好比龐大的建築物已遭破壞，住不得人，也唬不得人了，而構成它的一些木石磚瓦仍然不失為可資利用的好材料。」何況古時的木石磚瓦，到今日也可能成為值得賞玩的文物。至於「散錢無串」這批評，余英時先生在訪談錄曾代答：「與其用不牢固的繩子把散錢勉強串起來，不如讓錢散置地上，一錢有一錢的用處，比想串錢卻都遺失了要好得多。」回應得很精警。

文中還有另一段自辯。錢鍾書以東徵西引七國語文而著名，是單純為了炫學嗎？〈讀《拉奧孔》〉從理論家狄德羅（Denis Diderot）關於演戲的詭論說起：「演員必須自己內心冷靜，才能維妙維肖地體現所扮角色的熱烈情感，他先得學會不『動於中』，才能把角色的喜怒哀樂生動地『形於外』。」由這洋人理論，錢鍾書一跳就回到中國「先學無情後學戲」的諺語，之後幾句最少說明了比附的用意：「狄德羅的理論使我們回過頭來，對這句中國老話刮目相看，認識到它的深厚的義蘊；同時，這句中國老話也仿佛在十萬八千里外給狄德羅以聲援，我們因而認識到他那理論不是一個洋人的偏見和詭辯。」融會中外，似是希望在相異的傳統中尋得共相，用《談藝錄》序的說法就是：「東海西海，心理攸同；南學北學，道術未裂。」除了證明人類思維果然有相通處，也是覺得他山之石或能使人回頭，庸常的諺語也可看出深意來，何況那道理也不一定要用諺語來盛載。

或有人嫌這種找相同的做法意義不大，那把貌似相同的道理區分開來又如何？〈詩可以怨〉便是二者兼重的示範。文章本是錢鍾書一九八〇年到日本訪問的講稿，主要討論兩個問題：人在困阨中才創作嗎？寫憂的作品何以普遍較寫樂的深刻？

對於第一問，司馬遷成了當然的主角，既因《報任少卿書》記載了他無出其右的悲苦，也因在創作的問題上，他把話説得最盡，撇開樂而獨重哀，列舉歷代作家後只説：「此人皆意有所鬱結。」錢鍾書反覆提及《文心雕龍》裏「蚌病成珠」這比喻，不是外物侵擾傷害，珍珠也不成其珍珠。然後引名人來支援，中途忽作轉折：「在某一點上，鍾嶸和弗洛伊德可以對話，而有時候韓愈和司馬遷也會説不到一處去。」韓愈在《送孟東野序》的「不平則鳴」夠出名了，卻易給誤解，貌似呼應司馬遷，其實不然，因韓愈的不平是苦樂並舉，鳴的除了不幸，也包括「國家之盛」，對照錢鍾書沒引用的一句「秦之興，李斯鳴之」就更清晰。

區分過後，錢鍾書便聯合中外聰明人，回答第二問。他引述了清人陳兆崙的意見：「蓋樂主散，一發而無餘；憂主留，輾轉而不盡。」回歸到哀樂的特質，他接着的幾句有近代認知語言學的色彩：「我們常説：『心花怒放』，『開心』，『快活得骨頭都輕了』，和『心裏打個結』、『心上有了塊石頭』、『一口氣憋在肚子裏』等等，都表達了樂的特徵是發散，輕揚，而憂的特徵是凝聚、滯重。」如此，寫憂自然比寫樂更易於餘味無窮。翻此句注釋，錢鍾書援引的正是《我們賴以生存的隱喻》

（*Metaphors We Live By*），書剛在他演講那年出版，他補訂《談藝錄》時亦曾徵引，不知是否覺得這兩位在比喻裏尋找「心理攸同」的外國學者，跟自己也有攸同處。

錢鍾書一九三八年在巴黎寫好《石語》後半年，便鴻漸於陸，從歐洲乘船返國，在戰爭中完成《談藝錄》這部「憂患之書」，接着在幾十年的文攻武衛中過活、讀書、寫《管錐編》，至一九七八年才再度出國訪問。一來一往之間是整整四十年，不知經歷了多少困阨。日本之行是最後一趟訪問了，〈詩可以怨〉卻無怨氣，末處還不忘提醒人文學科之須融會貫通，綻放一流學者那珍珠之光。

《明報》 二〇一四年九月十五日

苦中作樂——重讀楊絳

李國威先生在〈在憂慮與歡樂之間〉的開首一段，給我很深印象：「不少人說，生命太失望了，從書本裏找尋慰藉是唯一的逃避方法。我想，很多時我們讀了書，才知道生命有那麼多令人焦灼和痛苦的事。書本不是避難所，它是牆上的一個小洞，不時讓冷風吹進我們的心靈。」反過來想，為何文學多寫痛苦憂愁，是只有這些才值得寫嗎？

我想起了楊絳女士。每隔數月，網上就會流傳一兩篇署名楊絳的文章，循循善誘地談教育、愛情或人生，有些不過是他人從她的舊作裏東抄一段，西抄一句。多知楊絳的經歷與寫作特色，對這些沒頭沒尾的話，或有更深體會。

楊絳生於辛亥革命那年，今年一百零四歲，吃過不知多少苦頭，但著作中最突出的往往是其中樂趣，很有王夫之「以樂景寫哀」，「一倍增其哀樂」的味道。最近讀她去年出版的短篇小說《洗澡之後》，雖覺得她對好事之徒的能力未免過慮，小說為阻人續寫《洗澡》之目的太強，人物略嫌輕易便獨立於故事的「反右」背景而追求各自生活，到達離婚結婚的終點；但想來那仍是她在苦中作樂之一例。

苦中作樂這精神，似貫穿楊絳其中幾部著作。不是盲目的樂觀，是堅韌的生命力。錢鍾書在一九四六年，因介意名氣不及楊絳而寫《圍城》，故事背景設在一九三七後數年，完成了，就停寫白話小說，《百合心》終沒寫成，之後仿佛便由楊絳接力，或小說或散文，為殘缺的中國當代史補白。

錢、楊的故事本身就有意思。二人較通行的傳記，應是湯晏的《民國第一才子錢鍾書》，和吳學昭的《聽楊絳談往事》。兩本我都不算喜歡，前者有不少迂迴的旁岔，時有不當注而注的問題；後者則嫌感情太盛，少些溢美和感歎號或更動人。雖然如此，二書還是有助我了解錢楊，如吳學昭寫道，在中共掌權前，兩人如何遍讀描寫蘇聯鐵幕後面情況的英文小說，奧威爾（George Orwell）的書更幾乎每本讀過：「蘇聯知識分子的悲劇令人同情，不過他們相信並希望中共或許與蘇聯有所不同。」四九年不走，也正如錢鍾書在一封信上說的"Still, one's lot is with one's own people."，或楊絳在《我們仨》說的：「一句話，我們是倔強的中國老百姓，不願做外國人。」

現實卻是殘酷的。楊絳在《洗澡》寫的，正是五十年代初，如錢、楊等學人的處境，崗位重新調配，「批判」變得義無反顧，批判人也自我批判，改造思想。小說每部開頭均引古詩，第三部引〈孺子歌〉的「滄浪之水清兮」，兼得在群眾前「洗澡」過關、《楚辭》裏隨順變化、《孟子》裏榮辱自取三義，又能歇後地引出「滄浪之水濁兮」，很巧妙。不過，我最記得的，還是在這危險抑壓的氣氛中，許彥成與姚宓的秘密交往，如何避開耳目同遊香山，又因誤會而緣慳一面，以及之後小心又短促的書信往來。在艱難的時代，人還是有感情的，二人的曖昧未必引人想入非非，但楊絳在《洗澡之後》將之形容為「純潔的友情」，我卻覺得是婉轉克制的說法。

讀者固宜分清小說與真實，但既知道錢楊二人的遭遇，就難抑制讀小說時的種種投射與同情。《圍城》也好，《洗澡》也好，小說人物總是如此有限，正如那幾十年間的百姓，以為捱過一關，殊不知更凶險的難關尚在後頭，尚在後頭；如同卡夫卡那些永遠過不完的門，圍城就是走不出。八年抗戰，國共內戰，三反五反，然後是反右等等，《洗澡之後》的敘事者雖能站在時間軸上預示未來，卻未預言「文化大革命」將至，所以末處說「姚太太和女兒女婿，從此在四合院裏，快快活活過日子」，也注定虛幻如太美滿的童話。

楊絳寫「文化大革命」的長文名為〈丙午丁未年紀事——烏雲與金邊〉，文中有一片段，令我聯想到波蘭斯基的《鋼琴戰曲》裏，那猶太鋼琴師的父親兩句不起眼的對白：納粹黨對波蘭猶太人的壓迫日漸張狂，一天，父親在雅致的客廳，向家人讀出刊在報章的最新規定。猶太人此後外出，都須掛上藍白的大衛星臂章，尺寸有嚴格規定。子女還嚷着誓不戴帶時，父親只是小聲問：「臂章我們自己造？還是可去甚麼地方拿嗎？」一問題實際得多蒼涼。

楊絳在文章開頭說，她和錢鍾書分別給「揪出來」了，還未確知將來。有天，報上發表了《五一六通知》，他倆被召去開大會，得知此後的待遇，凡三條。第二條是：「每天上班後，身上掛牌，牌上寫明身份和自己招認並經群眾審定的罪狀。」隸屬外文所的楊絳，給安排去掃女廁；屬文學所的錢鍾書，則負責掃院子。他們那兩個牌子又是自己造，還是可去甚麼地方拿？

二人問也沒問，就動手了：「我們草草吃過晚飯，就像小學生做手工那樣，認真製作自己的牌子。外文所規定牌子圓形，白底黑字。文學所規定牌子長方形，黑底白字。我給默存找出一牌長方的小木片，自己用大碗扣在硬紙上畫了個圓圈剪下，兩人各按規定，精工巧製；做好了牌子，工楷寫上自己一款款罪名，然後穿上繩子，各自掛在胸前，互相鑒賞。我們都好像艾麗思夢遊奇境，不禁引用艾麗思的名言：“curiouser and curiouser”。」用小學生做勞作，類比這大艱難。反差之大，堪稱奇幻。

楊絳又說，在她給剃成陰陽頭的前夕，被人拉到蓆棚陪鬥，但因暴雨而遲到，渾身濕透，卻有高帽子和硬紙大牌等着她：「我忙戴上帽子，然後舉起雙手，想把牌子掛上脖子，可是帽子太高，我兩臂高不過帽子。旁邊『革命群眾』的一員靜靜地看着，指點說：『先戴牌子，再戴帽子呀。』我經他提醒，幾乎失笑，忙摘下帽子，按他的話先掛牌子，然後戴上高帽。」重點全在次序，倒轉了，侮辱都變得滑稽。政權欲把人變成怪物，人卻仍有失笑的能力，把自己還原為人，印證錢鍾書早在〈論快樂〉寫「精神的煉金術」那幾句話；千災百毒，仍談笑自若。

丙丁之後便是幹校，《幹校六記》仍是淡而有味，苦中有樂：「默存是看守工具的。我的班長常叫我去借工具。借了當然要還。同夥都笑嘻嘻地看我興沖沖走去走回，借了又還。」去幹校當然是吃苦的，但這些微小日常的樂趣，寫來更像小學生到別班借文具。從幹校回家，錢鍾書終可專心寫《管錐編》，楊絳重頭再譯《堂吉訶德》，幾經千回百折，終有半片自己的園地。但人生實難，政治之苦以外，還有命限。楊絳在《我們仨》末處寫道：「一九九七年早春，阿瑗去世。一九九八年歲末，鍾書去世。我們三人就此失散了。就這麼輕易地失散了。」女兒和丈夫都先她離世：「現在，只剩下了我一人」一句，尤使人唏噓。

單純的幸福快樂是不必多寫的，痛苦才需要。為甚麼呢？可能如托爾斯泰之形容天下家庭，幸福的都相似，不幸的卻總有各自的方法；一簡單，一複雜。也可能如錢鍾書在〈詩可以怨〉的解釋，「樂」的特質是發散輕揚，「憂」則是凝聚滯重，悶在心裏才要找方法表達。柯靈烏（R. G. Collingwood）在 *The Principles of Art* 有幾段話與此相關，平日的詞語太寬泛，藝術家便藉創作使感情獨特起來，故他反覆強調「individualize」與「peculiar」。創作過程同時是自我理解，磨利刀一般，把模糊的感覺削得鋒利發亮。楊絳幾本看似平白的著作正是如此，都尖刺如牆上小洞吹進的冷風，使人知道生命有那麼多令人焦灼和痛苦的事，她卻堅毅地走在風霜中，偶爾為自己想到的趣事微笑，笑中有淚。

《明報》 二〇一五年四月五日

輕逸與深情——讀《宋淇傳奇》

多年前讀宋以朗先生的網誌「東南西北」，有一篇文章印象特別深。他用英文寫，題目是"Besieged Fortress"，即錢鍾書先生的《圍城》。文章分三部分，第一部由《圍城》出奇地引申到全球化的問題。第二部說《圍城》受歡迎，不過是因為錢鍾書太出名，但大家又讀不懂他的文言作品，唯有將就。他連帶說，《管錐編》廣博是廣博了，但高見不多，並引同樣堪稱博學的波赫斯來比較："Borges uses literary devices to challenge our cultural assumptions in unexpected ways and that is not what I get from Qian."

第三部最有趣。問題很尋常：當世還會有如錢鍾書般的人物，通曉七國語言嗎？答案卻巧妙，因宋以朗是先比對了家中三代人。祖父精通多國語言，專研戲劇，見識非凡，曾出現在毛姆書中。父親只精中英文，卻是集翻譯、評論、電影監製與編劇、紅學研究等專長於一身。到了自己，懂數國語言，並在統計學、翻譯、電腦程式、傳媒研究等領域略有所成。結論是，要如錢鍾書一樣精通外語引經據典其實不難，但世界變了，比從前複雜得多，要真正通博，就不能限於文藝。世間能再有錢鍾書的問題未免多餘："I believe that they are everywhere, but on very different terms that reflect the multivalent realities of today."

後來查資料，知道那位祖父便是藏書家宋春舫先生，那父親則是宋淇先生。我最初好像就是這樣知道宋以朗的家世，還怪不得他文字裏會有種舉重若輕的雍容。前年他開始為父親作傳，定期連載，我只讀了部分，因總想待編成一冊才捧着看。書最近出版了，名為《宋淇傳奇——從宋春舫到張愛玲》。首章寫祖父宋春舫，次章寫父母宋淇與鄺文美，大大補充了那篇"Besieged Fortress"第三部分的寥寥數語，感覺是，中國真曾有那麼多不簡單的人。

書的餘下四章，分別寫錢鍾書、傅雷、吳興華和張愛玲這幾位傳奇人物。他們跟宋淇都有深交，這也可見宋淇之奇：既以低調著稱，著作早已絕跡書肆，卻深為識者稱許；又能在電影圈打滾多年，先任職電懋，再進邵氏，必深諳行走江湖之道。加起來，便有素處以默大隱於市的氣質，同時還要跟相異如錢鍾書與張愛玲的作家相往來，難怪錢鍾書會稱之為「大通人」。

宋以朗主要從宋淇留下的書信追溯父親與這四位作家的交情，於兒子、偵探、文學評論家、傳記作者這幾重身份之間，來回往復，勤懇搜證，寫來輕逸而時見深情，筆觸總能隨對象遷化：寫錢鍾書時疎放生動，但偶爾似為其炫學與世故所隔；寫傅雷是平實而多生活瑣事，以顯其剛直；寫吳興華時不掩偏愛，極能表現吳興華的才華與真摯，以及時不我與之憾；寫張愛玲最詳盡，尤多抽絲剝繭的澄清與辨析，〈相見歡〉一段更是文學評論的上佳範例。限於篇幅，以下只集中說錢鍾書與宋淇的交往。

宋以朗家世如此，卻難得絕無望之儼然的淩人氣勢，語氣親切平白，偶然還有閒情隔空跟前輩開玩笑。例如寫到錢鍾書因知多病的宋淇身體轉好，來信恭賀：「雖兄榮獲諾貝爾獎金，任法蘭西學院院士，或加冕為香港獨立國王，不如此可喜可賀也。」宋以朗即謂：「錢鍾書的癡氣，其實也有幾分周星馳式『無厘頭』。」又例如，宋淇曾向錢鍾書請教兩句詩的出處，錢鍾書東徵西引，還是沒答，宋以朗便謂：「我覺得這封信也真有意思，因為一般人要是不懂得一件事，只會簡簡單單說一句『我不知道』就完了，但錢鍾書有問題不懂得答，也會旁徵博引，妙語連珠，好像他不懂的時候比他懂的時候還要博學。」宋以朗說相對起來，吳興華的書信則沒那麼張揚，較耐看。

看錢鍾書與宋淇在信中評點學人的段落尤有趣。我們的前輩都是他們眼中的後輩，錢鍾書稱許余英時的學問博而兼雅，「國內亦無倫比」。宋淇把劉殿爵的英譯《論語》寄給錢鍾書，謂「此人為學者中之隱俠，不可輕視」。錢鍾書答曰：「真深思卓識之通人，豈僅迻譯之高手而已！書前介紹未言其生年，想極四十許人；才不可及，年更不可及也！」宋以朗曾把桑塔格（Susan Sontag）的《疾病的隱喻》送給多病的父親，誰知宋淇讀後將之轉寄錢鍾書。錢鍾書原來也讀過桑塔格，評語是「矜小聰明，亦不失為可觀也」，讀贈書後則謂「Sontag 書極伶俐，然正如其 *Against Interpretation*，偏鋒甚銳，而立說未圓。」最耐人尋味的當然是評張愛玲，宋淇厚愛之，於一信中特別稱許其紅學造詣。聞說錢鍾書對張愛玲無好感，見好友點名讚賞，將如何回覆？宋以朗的勾勒精警：「結果沒有甚麼戲劇性，也是意料之內。錢鍾書的回信，只若無其事地講別的話題。」

書中記錢鍾書的部分，有兩段話尤因其深情而凸出。第一段提到宋淇曾討論學術界接班人的問題，頗為之擔心。那是一九八二年，宋淇在信中說：「中國年輕學者中尚一時無人可以承接志清和英時兩兄之成就」，幾句之後又謂，「我們都已愧對前輩，誰知我們以勤補拙得來的一點粗知淺學，都難以覓到接棒人？」錢先生回信說，生才難，育才更難，因飢寒與富貴同樣是大問題：「無以為生，不得世知，固如嚴霜之殺草；過早享盛名，發大財，亦如烈日之蔫花。」也可見錢先生之愛才，故信末忍不住責難宋淇為人太謙虛。這跟傅雷責難宋淇糟蹋才華，欠缺投身翻譯之恆心，以及吳興華責難宋淇之不夠專精而浪費文學才華，同有一份愛之深責之切的着緊。

第二段是宋以朗寫到錢鍾書信札的歸宿。他覺得最應交回楊絳女士手中，或整理後代為出版。他說：「一切人、事、物都有自己的歸宿，我喜歡看見他們團圓，所以既是錢先生的信札，我就覺得要回到楊先生的手裏才對，正如我的父母和他們已逝的朋友們，也應該已在彼岸重逢，那裏有一個永恒的派對，他們談笑風生，就像回到六十多年前的上海。」這令我想起馮晞乾在〈錢鍾書與宋淇的交往〉的一段話。

在文中，馮晞乾注釋了錢先生送給宋淇的一首〈贈宋悌芬君索觀《談藝錄》稿〉，以示二人相知之深，宋以朗寫錢鍾書一章的開段，即大幅徵引此文。馮晞乾在原文寫到他往宋以朗家讀前人信札之情況，用張愛玲的名句作結，很妙：「這不比塵世的刻意經營的文學博物館，大作家的手稿擱在這兒不會淪為標本，而是一直悄無聲息地活着，受靈氣滋潤，直到某天被你無意一翻，便漫天滿地的化作蝴蝶，翩然舞入那超時空的蟲洞，然後輕盈抵達那太虛幻境，到時錢鍾書、吳興華、宋淇便一個接一個地登場，所有對話都是格言和引文，最後張愛玲也來了：『噢，你也在這裏嗎？』」

是的，沒有早一步，沒有遲一步，他們剛巧都在這場流動的盛宴裏，或擦身而過，或相視而笑。

讀《宋淇傳奇》，我覺得還有一力量貫穿全書，名為命運。一九四九年，宋淇攜親人來港，五六十年代活躍於香港影壇；也是一九四九年，傅雷選擇了相反方向，攜親人從炮台山搬回大陸，陰差陽錯，終在一九六六年與妻子雙雙自殺。吳興華與宋淇在燕大任助教時，學校本打算送二人到國外留學，卻無奈遇上珍珠港事變，吳興華此後留在中國，跟傅雷一樣，終點都是一九六六年，不是自殺，而是給紅衛兵批鬥致死。張愛玲五十年代到了美國，篤信算命結果，覺得一九六三年會轉運，可惜沒有。錢鍾書大概能預示在塔可夫斯基《鄉愁》中那離鄉詩人之惘然，始終不願離開中國用外語寫作，幾十年來卻不知吃了多少苦頭。

命運也使宋以朗與宋淇先後走上相同的路，這大概是書中結語〈宋淇見過徐志摩，我也遇上張愛玲〉的重點。一九二六年夏天，徐志摩到訪宋春舫的藏書樓春潤廬，恰在其中遇見蔡元培。那年宋淇七歲。宋以朗好奇，父親小時也見過這些傳奇人物嗎？他後來從宋淇遺物中發現了三封信，一輪研究，結論是，父親對這些傳奇人物的第一手經歷不多，都要靠勤懇查證才能說有意思的話，跟自己寫《宋淇傳奇》，可謂一模一樣。今之視昔，亦猶昔之視更古遠之昔；代代承傳，便成文化。故宋以朗在文末還比較了祖父、父親和自己的經歷，以窺見社會變化，很像他多年前那篇"Besieged Fortress"的第三部分，以小見大，步履輕盈地在新時代漫步，沒掉進抱殘守缺的懷舊漩渦。

《明報》二〇一四年十一月二日

剛健與超越——讀《美與狂》

數月前讀《宋淇傳奇》，見宋以朗先生提到，在他爸爸宋淇的兩個編劇徒弟中，他覺得邱剛健比較有趣。邱剛健在一九六五年跟朋友在台灣創辦了前衛藝術雜誌《劇場》，一九六六年來港加入邵氏後送了幾本給宋淇，宋淇沒看，將之堆在兒子房間，宋以朗就因這冷門雜誌而認識了不少新事物，包括法國新浪潮導演的劇本，以及一些偏鋒創作：「我印象最深的，是邱剛健的一篇〈我是上帝〉，十幾頁都是四個字『我是上帝』『我是上帝』『我是上帝』……這不是純粹為了滿足作者的個人興趣嗎？」

邱剛健先生於前年過身，享年七十三歲。《美與狂——邱剛健的戲劇・詩・電影》去年出版，分三部分，第一章〈戲劇、小說、詩〉，初段重印他和同伴在《劇場》時期的創作及評論，能見一眾創辦人的雄心，在貝克特（Samuel Beckett）得諾貝爾文學獎前數年，已率先翻譯並公演《等待果陀》，復在雜誌刊登批評。冒進如此，有分歧自然難免，我對陳映真與劉大任因路線分歧而退出雜誌的故事，就尤感興趣。《美與狂》說得不多，後來讀台灣雜誌《藝術觀點 ACT》第四十一期的專題「我來不及搞前衛——一九六〇年代《劇場》雜誌與台灣前衛運動」，才知得更周全，例如爭議之一，就是究竟應追求一種怎樣的「現代主義」。

《美與狂》第二章〈電影〉由邱剛健早期的實驗短片說起，重印了短片《疏離》的劇本大綱和筆記〈疏離的註腳〉。邱剛健在筆記其中一條說：「字幕已經成了我這部影片最重要的部分了。來，上帝來。」幾行之後作：「上帝。他說。上帝。他說。上帝。他說。上帝。他說。」一路重複，綿延了二十二版。

宋以朗讀過的是這篇嗎？我找不到邱剛健寫過〈我是上帝〉，故當如友人馮睎乾所言，宋先生記錯了，原文重複的其實是「上帝。他說。」。邱剛健後來的劇本，沒朝這「純粹為了滿足作者的個人興趣」的方向走，在邵氏時期的代表作有《大決鬥》和《愛奴》，後來為香港新浪潮幾位導演任編劇，作品則包括《投奔怒海》、《烈火青春》、《地下情》和《阮玲玉》。此章開頭，除羅卡先生對邱剛健的編導介紹和簡評外，一氣列出九篇評論，原先覺得未免拖沓，但轉念一想，評論着眼不同，能呈現邱氏劇本之豐富多姿。

我讀得最入神的部分，則是第三章〈書信、雜憶〉，因其中有邱剛健晚年與劉大任的書信摘錄，不少內容，都在討論劉大任其時尚未出版的《枯山水》，一部我兩年前讀過且喜歡的短篇小說集。從二人的通信，我看到兩位相識近半世紀、專業不同的藝術家赤誠的交流。高手過招，不說廢話客套話。

邱剛健讀了劉大任寄來的幾篇小說，這樣回覆：「本來想像你的枯山水有『枯之美』、『澀之美』，所以有一點失望。枯只是老嗎？」劉大任的回信，即扣連到二人的性格：「讀後感覺失望，我瞭解。我的『枯山水』，基本非釋非道，比較接近儒家，煙火氣較重。其實，我們從年輕時代，性向就不一樣，我一向傾向『淑世』，你比較喜歡『超越』，各自發展，但應不妨礙彼此教學相長。」有此對照，邱剛健在華人文化圈的位置就更清晰。

邱剛健後來在一封信的開頭寫道：「如果不是拔管後的眼淚和獅子頭這個意象，整篇小說就平凡一般了。」因所舉意象我都記得，故一讀而知，他說的是《枯山水》中講男同性戀的〈青紅幫〉。劉大任今次引申到二人不同的專業：「我可以感受到，擁有長年編劇經驗並用心寫詩的你，跟我的 mind，很不一樣。瞭解這種不一樣，再度思考時，也許會多一隻眼睛，『細密』一點。」邱剛健回信說得好：「要求思考細密的心是一樣的。要求文字，風格，深刻的主題的心也是一樣的。不管是寫小說，劇本或詩。要求，但達不到，我並不例外。」略述他對《聯合文學》和《印刻》等雜誌的看法後，他便謂希望找適合的地方發表幾首詩：「大任，不要鬆懈，這是衰老的徵象。我一鬆懈，就寫出不關痛癢的東西。」直覺他這股剛健的力，似跟《劇場》時期相去不遠。

劉大任的回信總是溫文：「我對『發表』沒你那麼敏感，主要相信，中國文學這個傳統，是一個大基因庫，我的任何努力，只是添磚加瓦，盡力而為。我不敢把自己提到整個人類這一高度，只求中國文字攜帶的基因不死。因此，發表還是很重要的。」數番通信後，邱剛健終於說：「看完〈西湖〉，很興奮。這是我看過你的《枯山水》系列中最好的一篇，而且不是普通的好。」又謂：「雲英的描寫是少有的成功，讓我活生生看到中國傳統裏一個優美、嫻雅、性感，令人難忘的女性。我很喜歡《詩經》一首詩的題目〈靜女〉。靜有善、美之意。雲英就是靜女吧。好像中國在任何昏暗的時代，都還是會出現這樣的人，這就是中國最好的傳統。她也是西湖吧，不管外面多麼地破敗、單色、木然。結尾很驚人。有福克納〈愛麗絲的玫瑰〉結尾的震撼力。」

背景設在文革末段的〈西湖〉，和〈愛麗絲的玫瑰〉，碰巧都是我喜歡的故事，沒想過可類比，邱剛健卻不止一次以福克納和劉大任相提並論。劉大任在〈西湖〉形容雲英的內斂與主角的感悟，我都有印象：「這樣的年代這樣的地方，怎麼還有這樣的人活着？大概要到若干年後，在香港的雜誌上讀到《傅雷家書》和楊絳的《幹校六記》，才算有些理解。」難怪邱剛健說，劉大任的《晚風習習》是「西方才情」勝過「中國才情」，《枯山水》則相反，信中此段尤見才性對創作之影響：「像在那篇寫兩個同性戀男人的故事，你只關注男主角能夠安詳的死這件事（中國普遍一般人都這樣，也值得寫），但在『西方才情』中，那個被拋棄的男人雖然一樣關心，但心裏最牽掛的應該還是這個瀕死的男人到底是不是愛他。在那篇寫癡呆老人的故事，我建議老人最後誤認他的小孫女兒就是他以前的情人，企圖和她做愛，你的中國人的溫文敦厚，也認為這是大不韙的事，可是在『西方才情』中，這可能是最悲慘動人，也最合理的事。」

「中國才情」與「西方才情」似乎只有那代人才會刻意說，感性一旦失去，我們就不知「中國才情」實指為何，除了溫柔敦厚，籠統說，就是較重人倫和睦，現世安穩，少追求超越的價值。邱剛健跟劉大任南轅北轍，他就是一面倒的「西方才情」嗎？也不見得，文化根源可不能自任選擇，他在信末這樣形容：「我自己是盡量全盤西化我的『中國才情』。」秦天南說《唐朝豪放女》中，演才女魚玄機的夏文汐躺着用腳趾放風箏一幕，便是邱剛健的主意，可謂試圖展現一種徘徊於中西之間的異樣之美。邱剛健在另一封信的起首幾句尤為淩厲，顯見那西化精神：「極痛之下的叫聲沒有不深刻的。作家就是要去撲捉人的極痛（或狂喜）的情景和所發出的叫聲、笑聲。長句的魅力在於它的混沌與濃鬱，短句就要精鋭。非洲沙漠強爍的陽光不會膚淺，冷徹的夜色也不會膚淺。」仿佛是從張狂到虛脱，爆發到寂滅，我想到的畫面，是柏索里尼在《定理》裏男人裸身走進沙漠的結局，那叫喊之沉痛，簡直是美與狂的典範。

不論是戲劇還是電影，邱剛健對劇本的藝術性一直敏感。年青時導演《等待果陀》他在筆記寫下：「為甚麼導演一定得改動劇作家的東西呢？如果劇作是完整的，如果導演有能力。讓我不要陷入導演喜歡犯的虛榮裏。我才剛開始。」任電影編劇後，他中年曾在訪問説：「我以前認為對導演最大的報復就是把原著劇本出版」，只是覺得寫得不夠好而沒出版。到了晚年，他在訪問仍然説，電影劇本要成能獨立欣賞的東西，例如《廣島之戀》與《去年在馬倫巴》。他在離世前幾年的信中，仍自責文字不夠好，並謂如想出版劇本也只因軟弱。這份自覺很不容易。

我們通常較留意導演與演員，編劇的心血與故事都易給隱沒，所以邱剛健曾主張香港編劇應自負些，要自稱「編劇家」；也所以《美與狂》之出版，誠為美事。

《明報》二〇一五年二月八日

也說《十七帖》

曠世藝術品在港聞版見報，常因以下三途：展覽，拍賣，被盜。後多附銀碼，使大眾一眼知其珍貴程度。離此三途的便屬離奇。上週讀報，見一位男藝術家懷疑非禮，事緣他要求一女模特兒裸體仿王羲之《十七帖》之字形擺姿勢，供他拍照，中途自己也脱去衣服，事情最後告上法庭，但依無罪推定且不多説。有趣的，是報章另有短文介紹《十七帖》，顯然是編輯覺得有責任順勢推廣藝術。

王羲之《十七帖》的字形有何特點？手邊有本由曹大民和曹之瞻編著的《王羲之十七帖解析》，平實簡明，不妨並借另外兩書，淺談王羲之與《十七帖》。

史學家朱傑勤，於一九四〇年著《王羲之評傳》，以淺白文言寫成，薄薄一冊，文筆清通。他在〈引言〉説：「我國雖市井之徒，苟問其誰為我國之大書家，則必曰：『王羲之哉！鐵畫銀鉤之王羲之哉！』其實彼等多未能覩王羲之字跡，且或未知王羲之為何代人物，不過耳熟能詳，信口而出耳。」接着便為王羲之叫屈：「以如此偉大之美術家，倘在海外文明諸國，則必有人為人刱立紀念會矣，提倡王羲之獎金矣，為之舉行百年祭矣，而關於彼人之年譜列傳，尤多至不可勝數，至少亦視之為拉飛耳（Raphael）、米克郎啟洛（Michelangelo）等儔，為人撏撦殆盡矣。」實情當然不是如此，所以朱傑勤才為之作評傳，文中這忿忿不平，似可解釋書何以有點神化王羲之，反少了人間的掙扎與苦楚。

正因魏晉艱難時局，才尤見王羲之在「坦腹東床」和「寫字換鵝」等故事之清真，永和九年蘭亭修禊之可貴。人才濟濟，都未遇害，碰巧還要天朗氣清，惠風和暢，誰敢肯定還有下次？讀《王羲之評傳》才留意，當時有十五人未能即席賦詩，見所列賦詩者二十六人之作，有些亦不過爾爾，想像眾人見王羲之一揮而就寫成〈蘭亭集序〉，一定目瞪口呆，有感於斯文。何況魏晉特別多天地棄才，美而無用的人一時紛起。但人又不是美玉，總不甘待着給人賞玩，如何安頓便成問題。

這跟《十七帖》有何關係呢？那首先要知道碑與帖的分別，簡單說，他們是兩種不同書風，碑莊重樸拙，較認真；帖輕鬆俊逸，可無聊。魏晉文人的帖，感覺則尤近《世說新語》那些短篇。古人之中，歐陽修的〈論古法帖〉最可歸納帖之獨特處：「施於家人朋友之間，不過數行而已，蓋其初非用意，而逸筆餘興，淋漓揮灑」。今人之中，蔣勳在《漢字書法之美》中〈帖與生活〉一章的結語，是我見過對「帖」最好的形容：

「帖」把「天下興亡」的重責大任，四兩撥千斤地輕輕轉回到生活現實裏微不足道的小事。

「帖」用正楷書寫是不恰當的，正楷還是留給文天祥的〈正氣歌〉，或韓愈的〈師說〉。

「帖」有一點調皮，有一點小小得意，有一點百無聊賴的茫然或虛無，不想長篇大論議論是非，只是想回來做真實的自己。

建功立業或文以載道，均非所好，閒時便多提筆寫信過日子。《十七帖》就是王羲之寫給友人的二十九封信札，收信人多是好友周撫。因第一信起首二字是「十七」，便名為《十七帖》。王羲之所有真跡都已湮沒，故《十七帖》也是摹本。

匆匆幾句的信札，字體自易傾向潦草。但要了解王羲之在《十七帖》的草書，則宜知一點書法源流。王羲之以前之草書以「章草」為主，字形依乎隸書，保留波磔，字字獨立。王羲之亦擅章草，但於書法史之關鍵，則是發展「今草」，使之圓熟。「今草」字形以楷書為本，重視線條流動，以及字與字間的起伏和呼應，正因以楷書為本，故《王羲之十七帖解析》不忘提醒讀者，「由於《十七帖》難度較高，必須注意楷書和草書兩種書體的密切關係。若無楷書基礎而寫草書，乃無本之木無源之水，必成野狐禪」。

《王羲之十七帖解析》比對了《十七帖》的三個版本，謂厚重的「上圖本」和雄強的「三井本」較宜學習，然後便於每帖並列此二版本，逐帖講解，注釋信中字詞，解析背景，欣賞書法之餘，也當留意古人信札之精煉。如〈積雪凝寒帖〉言：

計與足下別，廿六年於今。雖時書問，不解闊懷。省足下先後二書，但增歎慨。頃積雪凝寒，五十年中所無。想頃如常。冀來夏秋間，或復得足下問耳。比者悠悠，如何可言。

王羲之時年五十餘，與周撫已分別了二十六年，雖已經常寫信，仍因思念不能釋懷，連讀周撫兩封信還徒增慨歎。碰巧遇上五十年一遇之大雪，便想對方也安康如故，惟希望夏秋間再收書信，最後自言日覺憂愁，不知如何是好。書中解析謂，此帖字數多，且特別精彩：「用筆方折厚重，雄健恢宏，可稱《十七帖》中上上之品。」

尋常生活自然細碎。如〈服食帖〉，王羲之謂自己久服五石散，身體仍不好，但年紀如此，想想也算過得去吧，最後跟周撫說「足下保愛為上，臨書但有惆悵」。又如〈青李來禽帖〉，全信只二十字：「青李、來禽、櫻桃、日給滕子，皆囊盛為佳，函封多不生。」頭九字分別為四種果樹，王羲之欲向周撫取這四樹之種子，提醒他最好將種子放在布袋，封於箱內多不發芽。書中解析謂，此帖係《十七帖》中唯一以楷書寫的，很特別，推斷乃為另一信之附言，故用別體來寫，且真想對方留意，楷書感覺較慎重。不知王羲之最終能否種樹，但他的《十七帖》卻無疑成了種子，在後代開花結果。

在古代，「創新」尚未如今日之成包袱甚或魔咒，要亟亟建立新風格，結果惡劣的作品似乎較少。曾見香港一設計師兼水墨畫家，喜以字嵌於畫中，如畫幾座山來嵌出一「山」字，或借畫山石砌出「小天下」三字，感覺幼稚和俗氣，卻頗受賞識。我當然不反對創新，蔣勳在《漢字書法之美》以「雲門舞集」的舞蹈《行草》和《狂草》作結，我覺得便極恰宜，他在〈帖與生活〉歧出的一段話，也寫出了書法在怡養性情外可有之寄託：

〈正氣歌〉是要亡一次國才能有的文章。從青少年天真爛漫年齡就開始背誦〈正氣歌〉，總潛藏着做不成「烈士」的遺憾與悲哀。

莊嚴老師與臺靜農老師是經歷過「亡國」的，然而在長達三、四十年南方的歲月，他們喜歡的文字似乎不是〈正氣歌〉，而是南朝文人彼此問候的短信。

臺靜農的字我尤鍾愛，從倪元璐創出了跌宕古拙的面目，底蘊卻承舊統。這似乎才是有本之木有源之水，更有益於後學。

《明報》二〇一四年四月二十日

另一種中日關係——讀《茶事遍路》

朋友曾笑說，日本人把「溫習」稱做「勉強」，其字面意義可謂傳神。想起來，這也是錯把《論語》「學而時習之」解作「學完可以常常溫習」的人最罔顧現實之處。除非天生異稟，否則為測驗考試而溫習，很難算是樂事，只好勉強為之。學了東西能適時實踐，才值得高興。

最近讀日本作家陳舜臣的《茶事遍路》，也跟中日文化的往還有關。我對茶一無所知，不是雷競璇先生介紹，也不會知道此書。中譯本由余曉潮和龍利方合譯，書題原封不動，保留日本漢字。起初以為「遍路」意指四處漫步，是對這隨筆一個形象化的描述。讀完書查資料，才知道別有所指。

陳舜臣今年八十九歲，原籍台灣，在日本神戶出生和成長，讀大學時與司馬遼太郎為同學，二戰後到台灣生活，數年後返日本定居，寫過大量以中國歷史為題材的小說。《茶事遍路》是他寫茶的散文，前部以陸羽為中心，後部追溯包括大紅袍、鐵觀音、龍井等茶的源流和故事，偶然又從一片茶葉寫到世界大事。譬如說，中國人在虎門銷鴉片前的六十六年，北美人就在波士頓傾倒茶葉。二事都跟嗜茶的英國人有關，但美國人要比中國人好運，倒茶後三年便通過《獨立宣言》，脫離英國的統治。

因為底子厚，陳舜臣寫來總是左右逢源，優遊涵泳於歷史、詩詞與見聞之間。書的前部比後部寫得緊密，我覺得第二章〈陸羽生平〉尤佳，讀來不難發現他小說家的筆觸，甚具韻味。「陸羽生平」這種題目，落在庸才手中，要多枯燥有多枯燥。但在陳舜臣筆下，人人可見的原始材料，卻一變而成為了解陸羽《茶經》的關鍵。

陸羽相傳是棄子，由僧人收養，長大後以《周易》起卦，得〈漸〉卦上九，乃用爻辭中的「陸」為姓，「羽」為名，「鴻漸」為字。此章從陸羽的姓名開展，借陸羽自傳，勾勒其生活環境與茶之關連。陸羽在寺院成長，而唐代與佛門關係緊密，這都影響着茶在中國的命運。

陳舜臣接着逐一交代陸羽身邊的人，例如是對陸羽有提攜之恩的李齊物。李齊物被貶為竟陵太守後，還給李林甫追捕，不知何時送命，每日如履薄冰。寫的本是史事，陳舜臣此處卻為年輕的陸羽添補一筆，巧妙地把他的心情扣連到飲茶：「與太守隔茶相對的時候，陸羽應該也在思考着，二者當中誰更幸運的問題。飲着同樣的茶的兩個人，命運卻如此不同。」飲的是茶不是水，卻一樣是冷暖自知。簡單一個相對無言的畫面，就是陸羽每天思考茶事的場景。

然後，陳舜臣拉闊圖象，由李齊物引申到唐代其時之政局。李林甫為打壓政敵，每多推薦異族將軍為節度使，安祿山即是其一。這還不止。玄宗曾詔求通一藝者，試後登用。但李林甫忌才，結果如何？歷史總像蒼涼的玩笑，陳舜臣寫道：「李林甫全部使之落第，並向玄宗報告『野無遺賢』，可喜可賀。此次，杜甫、元結皆在試中。」

環環相扣，茶聖詩聖，原來都在同一艱難時局下過日子，必定各有領會。杜甫把失意提煉成詩，陸羽則將感懷轉代成茶之理想。有先前的鋪墊，結語引出《茶經》，便更易凸顯其特質：「陸羽寫作《茶經》的時候，正值安史之亂甫平之際。在經歷了大亂的陸羽看來，理想人物的形象是『精行儉德之人』。茶是給這樣的人飲用的，這是《茶經》的大前提。」

在芸芸眾生之中，為何《茶經》偏要說飲茶最宜「精行儉德之人」？如何才能將「精行儉德」讀得最必然和深刻，同時不失諸牽強？陳舜臣從陸羽自傳為此尋找根據，並把「精行儉德」這抽象之精神，化作陸羽對人生經歷之沉澱，順勢讀第三章〈儉德之人〉和第四章〈湖州刺史顏真卿〉，說服力便更強，有種步步進迫的感覺，這都可見陳舜臣布局的功夫。

回到書題「遍路」二字，日文指的原來是「朝聖」，在日本最著名的要數「四國遍路」，朝聖者一身白衣，走遍四國八十八所與僧人空海有關的寺廟。碰巧，空海跟茶亦有淵源。空海在唐代到中國學習佛法，除了經書和佛像，離開時也把茶一併帶回日本，跟僧人永忠和最澄，同屬第一批將茶傳入日本的人。

為寫《茶事遍路》，陳舜臣也曾到中國採訪，並把朝聖路上的經歷放進書中，帶回日本。書譯做中文之後，他又在書前新增了一段〈致中國大陸讀者〉，自謂一直用中國式的思維創作，向日本讀者傳遞中國文化。在書中，陳舜臣三言兩語的文化觀察都精到，說起茶道，中國人自然不如日本人，隨便說句「禮失求諸野」意義不大，他在最後一章〈茶事拾零〉的歸納更準確：「與其說茶道在中國絕跡，不如說是未留下『形式』。茶道是將所謂『日常茶飯』中的『茶』非日常化，通過在現實中建立虛構的操作過程，重新思考人生。」陳舜臣如是徘徊於中日文化之間，可算以一人之力，建立另一種中日關係，學而能習，很不容易。

《明報》二〇一三年十二月一日

低低低低的——悼周夢蝶

週五下午收編輯電郵，方知道台灣詩人周夢蝶先生過身了，享年九十四歲。我不熟詩，對周夢蝶詩亦無研究，但讀過的那些，都有好感。最初是見《李國威文集》提及，才找周夢蝶詩集《還魂草》來讀，文字有古意，意境孤清。後來知道，周夢蝶既曾當兵七年，又在台北明星咖啡廳門口擺檔賣書維生，他在我心中的形象就漸漸鮮明起來。至數月前，讀葉國威的〈對飲〉一文，寫瘂弦與周夢蝶的重逢與情誼，尤覺感人；兩位老人相擁的照片，印象特別深刻。

但我對周夢蝶最重要的認識，則是幾年前的「他們在島嶼寫作」系列。電影來港上映時，我去了片商辦的映前活動。周夢蝶沒來港，卻聽到劉若英朗讀他寫給余光中的一首詩，題為〈堅持之必要——光中詞兄七十壽慶〉。我從未讀此詩，但聽到最後幾句，看似簡單，卻令我相信，那就是詩人轉化文字的魔力：

隔岸一影紫蝴蝶
猶逆風貼水而飛
低低的
低低低低的

末二句之靈巧在於，用國語唸，最後一句「低低低低的」，似乎不再是形容蝴蝶飛行之高低，而是想像蝴蝶貼水而飛的聲音了。這逆風的蝴蝶，就是周夢蝶。

以下蜻蜓點水，勾勒蝴蝶的低飛之姿態，且從陳傳興為周夢蝶拍攝的《化城再來人》開始。電影開頭一段，跟周夢蝶的格調匹配：天未央然，鏡頭影着裏頭點了燈的寺廟，門一道一道打開，和尚上香，拜佛，敲鼓，撞鐘，氣氛靜穆。天漸光，城市尚未蘇醒，便見學佛的周夢蝶起床換長衫，穿皮鞋，買報紙，簡樸生活，都似修練。此時，周夢蝶的詩首次於片中出現，由他本人來讀，緩慢有力。那是〈我選擇——仿波蘭女詩人 Wistawa Szymborska〉的開頭幾句：

我選擇紫色。
我選擇早睡早起早出早歸。
我選擇冷粥，破硯，晴窗；忙人之所閒而閒人之所忙。

後來見周夢蝶對鏡頭說，紅色耀眼，白色漂亮，唯有紫色夠暗淡。冷粥破硯晴窗之恬淡，也頗近舊派文人喜歡那種對聯，野鳥閒花皓月，禿毫破硯殘書；周夢蝶在詩中偶爾也提及陶淵明。不過，天生恬淡的人其實不多，每先經歷赤誠與憤懣的流轉，如龔自珍寫陶潛，即謂「莫信詩人竟平淡，二分梁甫一分騷」。周夢蝶祖籍河南，國共內戰時二十來歲，加入青年軍對抗共產黨，後隨國民黨遷台，幾年後退伍開檔賣書，〈第一班車〉即記周夢蝶每朝乘第一班車進台北擺攤的經歷，有這樣幾句：

大地蟄睡着，太陽宿醉未醒
看物色空濛，風影綽約掠窗而過
我有踏破洪荒、顧盼無儔恐龍的喜悅

而我的軌跡，與我的跫音一般幽敻寥獨
我無暇返顧，也不需要休歇
狂想、寂寞，是我唯一的裹糧、喝采！

周夢蝶說，這詩寫得特別用力，那時沒朋友，自力更生，偷懶都不行。蝴蝶逆風低飛，也不是一時三刻的事。周夢蝶困守那書架凡二十一年，直到一天因胃病在書攤暈倒，才告結束。

初擺書攤時，周夢蝶出版了首本詩集《孤獨國》，那也是他一首詩的名字，開頭兩句說「昨夜，我又夢見我／赤裸裸地趺坐在負雪的山峰上」，結尾幾句很精彩：

這裏白晝幽闃窈窕如夜
夜比白晝更綺麗、豐實、光燦
而這裏的寒冷如酒，封藏着詩和美
甚至虛空也懂手談，邀來滿天忘言的繁星……

過去佇足不去，未來不來
我是「現在」的臣僕，也是帝皇。

孤獨、夜、寒冷、停滯，平時感覺都不太好，在周夢蝶筆下，卻生出了異樣之美，建立另一個完整的想像世界。

《化城再來人》拍周夢蝶到浴堂的一幕也厲害，只見老人家脱光衣服並不避忌，如此坦蕩安然，接着便説周夢蝶學佛之經歷，以及他詩中的禪意，〈再來人〉便屬這種詩。我更喜歡〈十三朵白菊花〉，詩有小題謂係某日從寺院歸來，忽見書攤旁有白菊花一把，泛起一陣訣別與死亡的感嘆，最後一節如此：

淵明詩中無蝶字；
而我乃獨與菊花有緣？
淒迷搖曳中。驀然，我驚見自己：
飲亦醉不飲亦醉的自己

沒有重量不佔面積的自己
猛笑着。在欲晞未晞，垂垂的淚香裏。

周夢蝶快是沒有重量不佔面積了，數年前寫下的遺言，最後八字似詩：「一火了之，餘無所囑」。乾乾淨淨。能否應瘂弦之囑，打破紀弦的紀錄，活到一百零一歲，似不重要。百歲光陰一夢蝶，我想周先生仍會在另一國度貼水而飛，低低的，低低低低的。

《明報》二〇一四年五月四日

莊重的小說——重讀《紅格子酒舖》

三聯書店最近舉辦了一系列關於本土意識的講座，上月是第四講，由雷競璇先生講一九七一年的保釣運動。他從當時的社會氣氛，例如輿論在六七暴動後對社會運動之猜忌，談到年青人其時之思想狀況、保釣運動的歷程等，配以照片和文獻，娓娓道來。重要的是，雷先生那時正讀大學，積極參與社運，由他來講，自多親身觀察與記憶，說來特別動聽。例如他從一幀黑白照中，認出了一位女同學，憶述她當年在七七維園大集會那天，如何為了避開警察的監視，把長布束在腰間當作裙子，到走進了維園才脫下，在上面寫大字，變成橫額。

聽時覺得，這長布的捲起與拉開，本身就是個跟回憶有關的意像，連帶也想起了辛其氏的《紅格子酒舖》，尤其是在七七集會被捕的葉萍。那晚回家，就開始重讀這小說。故事分十章，以葉萍、立梅、醒亞、但英這四個女子為重心，旁及她們身邊的人。時空來回穿插，從六十年代的文社和中文運動，寫到七十年代的保釣運動，八九民運，臨近九七政權易手等，前後跨越近三十年。

辛其氏不時是先預告各人的際遇，再回頭訴說她們沿路走來的曲折。她們聚腳之「紅格子酒舖」，便見證了不少悲歡離合，小說寫來樸實有情志，頗符辛其氏在〈再版後記〉的這段話：「寫作對我來說，純粹是一種自給自足的心靈活動，有時寫得多，有時寫得少，慢是一定的，一張四百字原稿紙可以反反覆覆塗塗抹抹一星期。我志氣低，才情薄，近世眼花繚亂的各式文學理論更加望而生畏，唯一可取的是，下筆倒還莊重。」

初讀時覺得這「莊重」二字特別深刻，重讀小說，便不斷想這莊重所指為何。除了文風之乾淨，那似乎還關乎作者對書中人物和歷史之關懷；抽身品鑒各人生命之特質，也透現出她們身處時代的色彩。譬如書的前半部，便多寫返工廠、辦文社、讀周報、買橙色拳頭衫、投稿、寫信這些日常生活，由是重組當時的社會肌理。各人的得志與挫敗，去就聚散，都映襯在重重底色之上，有時火紅鮮艷，有時灰暗鬱悶，連接起來，便成一匹歷史長布。

舉一九七一年七七維園大集會為例，小說便寫出了投入社會運動之細微複雜處，並非支持和背棄這對立所能歸納，而能同情各人的掙扎。都是人來的，有不同身世，有七情六慾，何況還會互相影響。四人之中，當天醒亞和葉萍到場，立梅和但英沒去。第四章〈糖街上的驚弓小鳥〉說，集會原定在當晚七時開始，但下午的氣氛已很緊張：警方當天藉傳媒預示將有拘捕行動，並勸籲家長管束子女，由五時起不要在維園及銅鑼灣一帶流連。

平日家教甚嚴、行事規矩的醒亞之所以出現，既因擔心男友和記掛葉萍，辛其氏寫道，「還有一種她自己也覺得陌生的潛藏心底的蠢動，那裏面有叛逆與好奇的成分」。結果不太關心政治的醒亞，便在這劍拔弩張的一天現身維園。葉萍最終被捕時，慶幸醒亞沒被抓下，也想到沒到場的兩位朋友，寫來言簡意賅：「立梅與但英，此刻也許正為她操心，也許已上牀就寢，但在那樣一個嚴峻的時刻裏，她與她們並沒有相同的承擔，這在她們交疊的生命裏，無疑是一個無可彌補的遺憾。」

立梅和但英為何沒去呢？第四章〈糖街上的驚弓小鳥〉說得不多，到第六章〈我們到維園去〉，才提到七七當日，但英跟葉萍說的一番話。她不去了：「依立梅的性情，她大抵也不會去，直面強權並不是人人都能承受得起的考驗，希望你能夠諒解」。有意思的是，此章中段雖從葉萍的視角，補寫七七集會場面之慌亂，但首尾卻以立梅為重心，回溯她跟維園的關係，寫她童年時如何到園中玩樂，以及跟爸爸在維園逛花市的經歷，都一片和樂。可以説得義憤的「我們到維園去」，落在立梅身上，卻是爸爸對女兒説的溫柔話。同一地方，同一句話，乃有更立體更廣闊的意義。

事過境遷，幾十年後，書中四主角都嘗過不少人生的苦頭，取向各有不同，「紅格子酒舖」亦早已結業。第七章〈來自遠方的躁動〉寫到八九民運期間，但英走進了政治風暴的核心，在北京採訪；葉萍已為人母，生活安穩而略見消沉，天天在收音機聽但英的報道，輾轉再度走上街頭：「葉萍終在一九八九年五月一個雨天的早晨，堅定地派出自一九七一年以來的第一張傳單，她對一位看着稠密的雨水發愁的母親輕聲説：『請支持中國民主運動。』」葉萍的女兒不如她少年時富激情，關心國家大事；她則以母親身份，在風雨聲中默默感染其他母親。

許迪鏘先生在辛其氏的小説集《漂移的崖岸》的後記説，雖知不應把帶有個人經歷影子的小説看作事實的反映，但他不能制止自己相信，《紅格子酒舖》裏的幾位女主角，是以辛其氏和她的幾位摯友為原型，故認為此書是「嘔出心血乃爾」。重讀

《紅格子酒舖》確實也有此感覺。辛其氏雅淡地呈現幾個主角數十年間的際遇與變化，如實道出生活的繽紛與失落，以及那一點點無可奈何。世界潮流在變，人當然易受其影響；書中角色如是，寫書的人何嘗不是。能在變化萬千的寫作潮流之中，不為追趕誰人，而以一套不算起眼的方式密密襯色縫織七八載，為這地方留下一卷值得他日敞開重看的長布，我想，這就是莊重。

《明報》二〇一三年十一月十七日

像我這樣的一個導演——看陳果《我城》

像他這樣的一個導演，其實是不適宜拍攝西西紀錄片的。上月底看《他們在島嶼寫作》系列，陳果《我城》的首映，他在映後談的話使友人詫異。陳果說要跟西西道歉，拍完一整集，還未看完她任何一本小說，沒時間。我只想起《淮南子》的「謂學不暇者，雖暇亦不能學矣」。看完電影，我對他這不負責任的態度實不驚訝。聽他開場前出來笑說，今晚大家不是來看《紅 Van 2》，雖然很多人問他會否拍續集，已知不妙。有些觀眾在笑，但我心中充滿隱憂——陳果一定以為大家都是因他進場的。

電影開頭拍攝西西在家中生活，還相安無事。鏡頭注視她的左手：洗米、按電掣、拿起電話叫外賣，因其右手已失活動能力，不便可想而知，而她本來還用右手提筆寫作。但到首次有作家出場談論西西著作，問題就來了，鏡頭運動多餘，構圖一次比一次嚇人。

拍攝陳智德和鄭樹森兩段，都機械而重複地倚仗推軌鏡頭。拍攝馬世芳時，攝影機不時搖晃，一度更退到樹蔭之後，遮擋他的臉龐。這種騷擾在拍攝謝曉虹時又再出現，場景是中文大學的天人合一亭，她面向左方說話，鏡頭的重心卻落在她身後數呎的水面，她只給壓在畫面的左下角。我覺得受訪者都被利用，陳果似不相信當人認真思考、妙問妙答時，表情變化可以很好看。我也懷疑他對談話的內容有多大興趣，抑或只擔心內容太正經，觀眾會悶，老想着如何移動鏡頭，看起來層出不窮。

輕視內容便賣弄形式，但反過來也是對形式的輕視，這是陳果拍攝西西最反諷之處。片中屢見手搖鏡頭、失焦再對焦、zoom in、時光倒流般的回帶片段，但用來無甚意義，更似只為方便，和免得平淡。陳果幾次把自己或拍攝隊伍用另一部機拍入戲中，又真為製造距離，對鏡頭自覺，還不過是自戀？

西西對藝術形式的自覺隱含於不同創作，林以亮於〈像西西這樣的一位小說家〉曾仔細分析，寫〈感冒〉如何引用古今詩歌一段尤精扼，文章末段即以「相體裁衣」為西西之創作原則，代價卻是易使人覺得欠缺風格。但簡單點，重視形式這特質亦見於西西幾篇對談，譬如在〈童話小說〉便由她的短篇〈玻璃鞋〉說起，關心的是九七期限，卻用童話來寫，何福仁歸納說：「用一種愉快的語調來寫，形式本身也是一種諷刺。」西西這樣回應：「我比較喜歡用喜劇的效果，不大喜歡悲哀抑鬱的手法。寫小說，我希望能提供讀者一樣東西：新內容，或者新手法。現在的情況是，當悲劇太多，而且都這樣寫，我就想寫得快樂些，即使人們會以為我只是寫嘻嘻哈哈俏皮的東西。」所以，西西創作的語調和形式，都是對傳統和慣例的掙扎後之選擇，正如她在片末解釋，自己如何從存在主義小説的沉重，過渡到羅蘭巴特強調的樂趣。

穿插在片中那些香港舊社會的模型雖然精緻，捕捉西西在船上赫見大公仔走過時的驚喜也好看，但如果這代表了陳果對魔幻和童趣的理解，就真成了嘻嘻哈哈，根本誤會了西西。

西西作品展現的「童趣」，每每建基於對世界的好奇，以及探問後的認真研究。舉些淺例，《剪貼冊》和《拼圖遊戲》看似順手拈來的遊戲文章，實是對中外文化和藝術謙卑學習後的厚積薄發。《縫熊志》關乎手藝之餘，也是對中國傳統服飾的另類探索。《猿猴志》不止是猿猴圖鑑，從西西與何福仁穿插書中的對談可見，她對生物、演化、人與猿猴的關係等關注是多巨大，又下過幾多功夫理清問題。只有這樣，問題才可愈問愈精細，愈問愈開心。放在寫作當然一樣，《像我這樣的一個讀者》固為引介外國作家，但何嘗不是西西借力於一流作家的讀書筆記？跳脱多變的寫作風格不是從天而降的，也非單單「童趣」所能概括。

陳果又有這種好奇和虛心嗎？他在映後談説，拍片前不認識西西（在報章訪問則說讀過一本，不知孰是），是台灣片商找他，他才買西西的小說回家看，雖然拍完電影一本也未讀完。單是這點陳果已獨步天下，用行動和作品告訴我們，在香港做作家應得到多少尊重，香港的導演又有多尊重自己和行業。

何況西西的小說又不是《卡拉馬佐夫兄弟》，許迪鏘在戲中不就解釋過「素葉出版社」之所以如此命名，是因為資金緊絀，只能出版只有寥寥「數頁」的書，陳果卻說西西的書太厚。他說要向西西道歉如果是真誠的，回答觀眾提問時，就不會輕佻說：「不用那麼深入也可以拍到紀錄片，拍土瓜灣，可以有多深啊？」沒研究自難深刻，勤奮一點就是，卻沒理由反過來擁抱淺薄。所以我覺得電影《我城》的部分意義，正是在反諷中建立的。

陳果似乎以做門外漢為榮，問題是紀錄片着重的，始終是對人或某主題的關懷。現在看來，陳果偶能呈現西西的幽默，譬如她說希望寫信給法國導演而學法文，但轉校三四次，卻永遠停留在一年班。戲中剪接亦間有妙處，例如說到宋淇找西西當編劇後，她才發現不懂寫對白，鏡頭一轉，便跳到一九六八年的《窗》中，西西寫給謝賢和蕭芳芳一段文藝得滑稽的對白。

但整體而言，電影未免流於表面，明顯的例子是提到西西患癌時，只問那是否她人生中最難過的階段。陳果預備好跟她談生死問題嗎？那也不一定要悲苦沉重，還可能引出文化藝術如何教人看待死亡，並舉古今電影為例，一起用「開麥拉眼」看世界，有更切實的交流，不也是自己長進的良機嗎？我知道說說容易，拍起來就麻煩得多；我也不是要求陳果做何福仁，只是期望這電影可多走幾步，畢竟《他們在島嶼寫作》系列可接觸到很多不認識西西的觀眾，對比同系列拍攝台灣作家的六集，或陳安琪充滿誠意的《三生三世聶華苓》，或舒琪難度甚高的《想像：易文》，陳果的《我城》無疑是教人可惜的。

我喜歡西西的散文多於小說，有時也覺得《我城》太便宜就給人借題發揮。但陳果既引之為電影命名，對此宜有回應或探問。西西《我城》的寫法是避開宏大的歷史敘事，用細碎和充滿想像的方法說故事。陳果固然不必步趨，但他又怎樣處理「我城」這主題呢？片中插播舊日新聞片段、七一遊行、反國民教育示威、渣打馬拉松等，都嫌拼湊和傾向討好觀眾，略因循，不見獨特的觸覺或關懷。

想起來，陳果的《香港製造》跟西西的〈玻璃鞋〉一樣，都在回應香港在九七易手前後的抑壓，聚焦在幾個青年身上，有股在沉默中爆發的蠻勁；《細路祥》雖偶嫌生硬，也至少具時代意義。《榴槤飄飄》更是他較圓熟而稍被低估的電影。往日得到的回報或許不多，但時至今日，陳果不也因香港之名而薄得名利嗎，何不想想用更好的作品回饋香港？

瘂弦在片中說，西西的《像我這樣的一個女子》在八十年代登陸台灣後，「像我這樣的一個……」一度成了流行句式。《我城》拍完了，陳果也不妨想想「像我這樣的一個導演」，究竟意味甚麼。西西不止有諧趣的一面，在廖偉棠《浮城述夢人》的訪問〈發明另一個地球〉中，她便有這段莊重的話：「我的理想讀者是，他要看過很多好小說，假如我那麼下功夫看這麼多小說自己再用心機寫出來，你要看我的小說也要勤奮一點，懶惰是不知道我的好處的。你隨便翻翻當故事看，但一本小說哪裏好呢？你就看不出來。你看那麼多垃圾小說是沒有用的。我對讀者要求很高，如果你甚麼都不懂你就看《白髮阿娥》吧。」希望陳果能先讀完這本。

《明報》　二〇一五年四月十二日

漫漶幽埋，煙消雲散——讀《地文誌》

友人家榆正在匈牙利升學，上月傳來電郵，引錄倉海君寫旺角學津書店的一段文字。他知我以前常看網誌「新春秋」，並覺得倉海君的文章最好；雖無著作，卻是香港第一流作家。要在海外的朋友告訴我香港的事，想來有點詭異。倉海君寫的倒好看，他說：「旺角學津書店我幾年一逛，不是為了買書，而是去照鏡，照照自己幾年間變化了多少，或變化了甚麼。學津無論燈光的情調、書的擺放，甚至是書本身都完全滯留在九十年代初，仿佛甚麼人在裏頭自殺死了，從此變成無人問津的凶宅，一切都來不及收拾，而時間就這樣凝固了。」學津應是香港少數還未消失而書又有一定保證的二手書店，他那以不變應萬變的能力，實在驚人。

這幾天在讀陳智德的新書《地文誌》。初讀卻像重讀，因不少文章都是他增補舊文而成，似曾相識。上卷寫如九龍城和調景嶺等地的舊聞和演變，他們在香港文學作品中出現的方式，間中有點文史互證的味道，寫來尤重自己與這些地方的瓜葛，以及連帶而生的感情。下卷多寫經已湮滅的書店，他們已退休或過身的老闆；寫他及同道對書之珍重，以及書普遍之不被珍重。

上卷比下卷好看，因這樣寫香港各地，需要膽量和視野，容易失手，不得不更用心平衡，古今之間，人我之間，文章乃有更多可資思考之處。書中寫的多是地方和書店，讀來卻更像自傳。九龍城記童年。維園是文中反覆強調的「一九八二年，我十三歲」。北角可算他在先行者領路下學詩的一面，高山劇場是愛好音樂的一面，虎地是學術道路與人生際遇的另一面。旺角跟書相關，關係更密切長久，中段寫到，「沒有人會在旺角懷舊，確實不太適合；唯獨書店或有一些例外」。他提到學津等幾家舊書店時說：「有時在街上無處可往，也必到這些書店一家一家地流連，有時不為甚麼，就只想吸一下店內與書化生融合的空氣，憂傷時不致消沉下去。」

陳智德在書中〈前記〉，提及三本他從前在旺角碰見的書，對他都有啟蒙意義，其中一本是楊牧的《瓶中稿》。讀《地文誌》時我倒想起楊牧的《人文蹤跡》，尤其是那反覆地說「所有文學作品都是未完成的」之〈自序〉，首段似可用以反映《地文誌》的特質，因楊牧說文學創作，過程總是充滿變數，「作者蓄意的理念和結構有時就於情節轉折，或意象呼應處不覺消失了，被另外一些事件，隱喻，或象徵所取代」。

《地文誌》開闔頗大，創作過程的種種調動變遷，大概不下於香港滄海桑田的城市景觀。舉首篇〈白光熄滅九龍城〉為例，文章便是從他收在詩集《低保真》末處的〈邊城聲光〉脱胎，同一篇文章，更早則收錄在「錄像文章」系列，名為〈過界〉。印象最深的，是他寫到昔日九龍城中學生愛到機場溫習，「因為座位多，又涼快，而且那最接近飛機的地方，反而是整個九龍城唯一聽不到飛機巨響的所在」。如此弔詭，又如此日常。今次在《地文誌》，陳智德則把原文放到最後，而從啟德機場最後一夜的畫面寫起，接着引錄侶倫五十年代寫九龍城的散文，前清與抗日期間來港避難的文人為宋王臺寫的詩詞，及郭麗容與董啟章的小説，中間跳到自己對九龍城的回憶，其記錄與分享的慾望之大，線索與筆觸的曲折之多，與十餘頁之篇幅並不相稱，卻不知有多少資料早經刪卻，多少意念旋起旋滅。我覺得他下次再改寫的話，上卷每篇文章，都可獨立成書。不斷改寫自己，去追逐香港的時空變化；才寫好，他又已經改頭換面了。但這渺小與枉然，卻像寫作本身。

由是想到楊牧在《人文蹤跡》〈自序〉的末段：「人在他的行動範圍內，總因為有意或無意就留下一些沾染的圖形象飾，是我所謂具體而微的人文：無論是偶然寤覺的賸餘，如『開軒聊直望，曉雪河水壯』，或專注若西斯提尼聖堂穹窿的彩繪頂禮，終於留下來了，其餘大都在時間無聲的侵蝕之下，漫漶幽埋。則人文本是時空有限的產物，縱使在我們習慣的追逐裏，常以為它恆久；我們揣測其殘缺，譎幻，知道大致就像風聞的獸蹤和鳥跡一樣，可辨識的就是未完成的，曾經屬於我的並不一定屬於我。」

寫作和閱讀固然可以喚起記憶，侶倫、前清探花陳伯陶、抗日文人陳居霖等人曾留下的文字，便因〈白光熄滅九龍城〉被憶記，構成敘事脈絡。漫漶的被認出，幽埋的被發掘。但讀書時卻不禁想像，如星一樣漸行漸遠直至永遠消失於人世的美好記錄和創作，加起來究竟有多浩瀚。筆之於書的尚且如此，不志在著述的人筆下的片言隻語又如何？書最少能發黃，被蟲蛀和壓碎；到了今天，在網絡上漂浮的好文章將來又是如何？連漫漶幽埋的條件都沒有，只要網誌過期，便像黑布一牽，白兔從此煙消雲散。

為此，我曾把我能找到的所有倉海君文章，全部列印出來，用膠圈訂成一冊。他的一篇二萬字文章〈吳興華：A Space Odyssey〉尤動人，短文則多活潑有睿智。讀到陳智德在下卷〈書和城〉說，「好書者的書一向難以用與書匹配的優雅方式放置」，我竟然記得，倉海君也寫過書櫃的問題，隨筆題為"La Vita Nuova"，查電腦發現那是但丁的詩《新生》，清理書櫃就像重構宇宙。文末寫到閱讀，頗能見其文風：「閱讀是自私到底的行為，欠缺反社會基因的人最好不要浪費時間，去溫習吧，你們沒必要閱讀。閱讀是『我』的終極實現，真實而冷酷的世界與之相較也不過是閃爍的殘影，遠不如強烈而熾熱的閱讀那麼真實。時間之外，傳說有一場華麗的宴會，而主持這場永恆盛宴的，是我；吐辭為經的哲人、出口成章的墨客，他們都一一從彼岸趕來，然後起舞，翩翩起舞。彼岸，也就是這裏；書房之中，時間之外。」

學津書店亦像站在時間之外，成為讓人駐足自照的止水。倉海君那段書店遊蹤最後說：「結果我撿到一部發黃的張恨水小說，還有香港七十年代小說作家江之南，二三十年前這兩部書已經一直在等待，但他們美好的日子甚至在這書店出現之前，其實早就完了。這是我以前從來不看的書，他們用一種奇異的物的語言，近乎科學化地測量着我的轉變。時間就這樣過去了，而學津還照常營業，不管有沒有人。」但香港又真容許事物逃出時間的指掌嗎？城市空間負載不了記憶，書和書店日益見棄，只剩下新潮的懷舊和臨終的熱鬧，則此地的歷史感，和具體而微的人文，尚能寄身何處？都將漫漶幽埋？都將煙消雲散？

《明報》二〇一三年十二月十五日

出游從容《魚之樂》

網上討論愈是喧囂，幾個沉穩的網誌就愈顯得澄明。這幾年，讀王偉雄的網誌「魚之樂」，是其中一件生活樂事。

王偉雄是香港人，在美國教哲學，網誌文章不少卻跟香港近況有關。讀「魚之樂」，最大的感覺，就是概念果然容易遭混淆，或有心或無意，都阻礙我們看清真像。他願花時間做釐清的工夫，示範如何發現和分析問題，深入淺出，我覺得很具教育意義，故一直心存感念。何況他討論的對象，不時還是香港最熾熱的社會議題，如何不受主流意見或情緒所惑，既需思辨能力，也要有體察他人處境的觸覺，以及一點捱罵的勇氣。

例如他去年在〈知其不合時宜而為之〉的一段話，便頗能反映這幾種特質。說的本是他兩篇提醒香港人勿忘持平的文章：

我寫那兩篇文章的目的，不是要指出「大陸人也有好人」、「不要以偏概全」、

「不應一竹篙打一船人」（否則一句講完），也不是講思考和科學方法（否則要長篇大論），而是希望大家能多加警惕，不要由反陸客變成仇視大陸人，殃及一些無辜的大陸人和新移民。這不是在傷口灑鹽，更不是否認你受了傷、傷口痛，只是不想你將所受的苦發洩在不恰當的對象上，令更多人受苦。

對，我沒能力治你的傷、止你的痛，對解決香港政治民生的種種問題，亦幫不了甚麼忙，但我不想見到一些人受的苦，因為誤解和偏見，無端擴散到另一些人身上。不是我特別的悲天憫人，我只是設身處地替一些大陸人和新移民着想，心有不忍，雖然預了文章一出必有人痛罵，也就知其不合時宜而為之了。

寫得好是一回事，能被合理地閱讀是另一回事。可以想像，要寫這類文章多麼吃力不討好，但無懼地思考也就是如此。當然，他似乎也深明鼓動民粹的效用，不過明白不等如認同，此中有重要分別。

除了時事，「魚之樂」也有不少關於知識的討論，重視證據和推論過程，間或旁及人類認知的局限，有時還以科學實驗的短片輔助，很益智。不過，「魚之樂」更常見的，則是王偉雄的生活感悟。他最近結集的《魚之樂》一書，即以這些生活感悟為主軸，從童年回憶，家庭生活，教學經歷，閱讀、飲酒、習武等興趣，及於由生活觀察引發之反省，整體感覺比他的網誌恬淡得多，少了牢騷，唯筆下總是情理兼備，而且真誠。

《魚之樂》前部的散文，清通樸實，但或許礙於篇幅，不算特別深刻。又因不少文章其實是重讀，起初竟覺得不太滿足。讀到中後部分，才發現他如此編選結集的懷抱，似乎可用兩篇文章貫穿起來，一篇是〈學生問智慧〉，一篇是〈清而不激〉。

〈學生問智慧〉寫的是王偉雄一次與學生的對話，以問答形式寫成。他既然是哲學教授，教的又是知識論，一定知道何謂智慧了？當然不是，故王偉雄說，哲學雖是愛智慧，但追尋卻不保證找到，那位失望的學生只好追問智慧的定義。他說：「讓我這樣說吧，但不要當這是個定義，當是我約略解釋甚麼是智慧好了——智慧是知道在甚麼時候應該做甚麼事和應該怎樣做，而且不只是知道，還能做到。」學生追問：「但怎樣才知道？怎樣才做到？」他答：「你是又在問我怎樣才可得到智慧了！我已答了你不知道啊！」

回頭看《魚之樂》收錄的文章，不正是以他自己生活體驗為例，去丈量與智慧的距離？求而不得，他才更察覺自己性格的缺點。又例如他在〈細味人生〉，談論弘一法師如何吃鹹菜喝開水，亦正是以具體而微的例子來講道理。看來像老生常談，但勿忘記，我們總是用上經年的時間，才能明白一句老生常談，要時刻做到就更困難。

至於〈清而不激〉一文，則可從另一篇主題相近的〈從偏激到中庸〉談起。文章提到他已不如年少時偏執輕狂，以下一段文字平淡而有味：

這不是說我現在眼中的世界就盡是美好，只不過我的看法較以前平衡多了。這個世界固然複雜，但有些事情可以很簡單；這個世界的確有不少邪惡勢力，可是正義間中也會得到伸張；世上多的是自私自利的人，然而人間有時真的有情；人生於世即使是苦多樂少，也不必因苦而忘樂。要看清這個世界，不能盡用放大鏡，也要望遠鏡並用，還要提醒自己，就是如此，也未必能窺全貌。

我現在寫文章，追求的是平淡而有味，中庸而得道（不過距離這個地步仍遠）。你可以說我是無復當年勇，但我當年的勇，其實不過是胸前寫着的一個「勇」字。

查「魚之樂」網誌，此文是二〇一〇年寫的，他真的做到了嗎？不肯定，但那追求，與三年後的〈清而不激〉互相呼應。

「清而不激」一語出自明人呂坤的《呻吟語》，王偉雄先摘錄其中幾句，謂唯有「清而不激」四字有新意。我喜歡看王偉雄擷取古文加以發揮的文章，既能字斟句酌，說來亦公道，不盲目崇古或抑古。從「清而不激」引發開來的幾段文字，點出了《魚之樂》全書之格調：文章能夠以理勝人，自能省卻許多詆毀；對讀者真有信心，也不用加鹽加醋怕人嫌淡。文章末段似有警世作用：

對於有政治野心、甚或只是關心政治的人，這「清而不激」特別難做到，因為這些人往往是企圖改變社會或是改變一些人的看法，難免有興波作浪之心，往同一方面着力太過太久，便容易產生偏執，有些甚至以為自己已經做到驚濤拍岸捲起千堆雪，其實不過是眼前一片迷糊而已，卻還沾沾自喜；由清而激而濁，便一路迷失下去了。

所以說，跳脫不出，只是清而不激就好。

清而不激，或出游從容，看來都是《魚之樂》嚮往的境界。

曾旁聽關子尹先生的哲學課，對他講「concept」一字的印象頗深。此字源自拉丁文的「concipio」，前面的「con」有綜合之意，後面「capio」則指掌握。故「概念」就如一隻無形之手，使我們從蒙昧之中，把握看見與看不見的東西。記得他接着說，讀哲學的人，關鍵工作就是概念區分（conceptual distinction），務求令紛亂的物象，條分理析。看王偉雄的網誌，讀他的書，都覺得他是在示範如何把這概念區分的能力，應用到不同層面之上，使人從混亂中看清事物。淺白是一種能力，他有，又樂意在學術工作以外，以寫作回饋香港，予人一點生活之樂，實在是件可喜的事。

《明報》二〇一四年四月六日

孰不可忍

警察週日在金鐘集會毆打市民後，梁振英週一出來說：「好多市民認為兩個多月來，是可忍，孰不可忍。是可忍，孰不可忍。」跳了幾句他再說：「不要以為警方的忍讓等如軟弱」。如果當日那窮凶極惡也算忍讓，我實在無法想像甚麼叫做小器。

「是可忍孰不可忍」出自《論語》〈八佾〉第一章：「孔子謂季氏：『八佾舞於庭，是可忍也，孰不可忍也？』」那「忍」字固然可解「容忍」，但我向來覺得解作「忍心」更有味道。古文無標點，句末的問號，有些版本作句號或感歎號，語氣嚴厲得多。但傳統大多當這是問句，不是質問，更像無語問蒼天。「也」字放在問句之末，習慣不讀也，讀耶。朱熹在《論語集注》兼存「忍」字容忍與忍心二義，而偏重忍心：「孔子言其此事尚忍為之，則何事不可忍為。」意謂：這樣做也忍心，還有甚麼不忍心呢？那感情不是憤慨，而是悲哀。用這問題來回應警察週日虐打市民，可算恰宜。

程樹德在《論語集釋》謂忍字作「容忍」解更近漢代用法，錢穆先生在《論語新解》則承朱熹而重「忍心」一義，補充時重點特在「心」：「禮本於人心之仁，非禮違禮之事，皆從人心之不仁來。忍心亦其一端。此心之忍而不顧，可以破壞人群一切相處之常道。」孔子既看不見警察僭越職權凌辱市民，他感慨的是甚麼？佾音日，指舞列，天子之舞八佾，八八六十四人；諸侯六佾，大夫四佾。孔子重仁重禮，知季孫氏僭越其大夫身份，行八佾之舞，不禁感歎起來，有孰不可忍之問。

「孰不可忍也？」是我最近常有的問題。有人被警察打至頭破血流，有人被捕後給風扇猛吹，也有人受到警察種種可怖的恐嚇。其中一則新聞尤令我難忘：張超雄議員一晚到旺角，跟面前的警員點了點頭，怎料對方呼喝：「返屋企湊女啦。」為何不是習慣說的「湊仔」而是「湊女」？那則新聞最後一行的事實陳述，竟有結穴一點的威力：「現年五十七歲的張超雄育有一子兩女，二女患有嚴重弱智。」那警察所言是巧合，抑或是查清背景後的暗箭？這樣做也忍心，還有甚麼不忍心呢？

但甚麼是「忍心」？我想拉遠一點，先從《左傳・哀公元年》逢滑的幾句話說起：「臣聞國之興也，視民如傷，是其福也；其亡也，以民為土芥，是其禍也。」楊伯峻在《春秋左傳注》點出《孟子》亦有「視民如傷」及「視民如草芥」這對比，有注家或以為本諸逢滑，楊伯峻則謂從「臣聞」二字可見，在逢滑之前早有此說，可謂源遠流長。視民如傷，即把百姓當作傷病者細心照料。但近日香港政府治下的警察，非但沒有視民如傷，還放肆把人打傷。尤有甚者，他們竟連週日晚上救急扶危的醫護義工都打傷。

當晚所見，醫護義工趕到添馬公園草地較光處，穿起鮮黃背心，二話不說便不斷為躺在地上的傷者急救，有的慢慢倒水清洗中了胡椒噴霧者的眼和皮膚，有的為被警棍打傷的人包紮。人手和資源都有限，故每隔一陣就須呼籲：「要毛巾」，便有人傳遞毛巾；「要紙巾」，便有一包包紙巾從四方拋過去；「要水」，然後大概想到急忙中或有人把水扔過去，立即補充，「不要拋，傳過來」；然後，「要繩或者橫額」，綁起來，在草地間出一片愈來愈大的角落，治療愈來愈多的傷者。後來旁人更是手拖手，圍住救護範圍，以免傷者受到干擾。

我和朋友中途去了搬水，幾個醫護迎面走來，只喊了單字「水」，邊跑邊伸手在箱中拿了兩支，便飛奔去了另一邊。那刻真切感覺到，學醫護的人實在可敬，那不忍拖慢救人的心情，應該就是醫者父母心了。但翌日看新聞知道，那片救援地帶，那些辛苦了一整晚的義工，竟被衝上添馬公園的警察暴力對待。日前見〈醫護義工譴責警方濫用暴力聲明〉，首句便是：「我們憤怒了」。那才是真正的忍無可忍。首段說，鑒於傷者情況嚴重，「當場診斷、止血及穩定病情當然至關重要。其間，竟然不斷有警員公然向當值的義工醫生或護士揮舞警棍，在急救包紮進行時，凶暴驅趕。甚至有警員明言『你救人又點呀，照拉！』，企圖作出無理拘捕」。這樣做也忍心，還有甚麼不忍心呢？

聲明又說：「試問假若有傷者因此而延誤醫治，甚至失救，誰能負起這個責任？況且傷者當中更有不少是十來二十歲的莘莘學子，難道警察就連生而為人的惻隱之心也沒有了嗎？」在這時勢看見「惻隱之心」四字，真是感慨良多。《孟子》在〈公孫丑上〉說：「以不忍人之心，行不忍人之政，治天下可運之掌上」，不會有香港今日的管治困難。接着解釋何謂「不忍人之心」時，孟子便引出「孺子入井」的故事，提到「怵惕惻隱之心」。朱熹注解怵惕作驚動，惻隱作傷痛，都是見旁人身處危難而生的不安感覺。人若沒有這驚和痛，我們通常會稱之為殘忍，忍心大概就是這麻木狀態。

孟子曾用「幾希」形容人禽之辨，仁心或存或亡，都是一線之差。三萬警員中，總有人本性不壞，但在不公義的制度下，在刻意縱容濫權的氣氛中，人性美好的一面容易給一下壓到腳底。倒是醫護義工聲明的末段令人鼓舞：「但事實上自從醫護人員遭暴力對待的消息傳出以來，報名參加義務急救工作者以數倍增長，我們守護香港的意志亦更為堅定。」真有《孟子》裏「雖千萬人吾往矣」的氣概。

《論語》、《孟子》、《左傳》這些中國典籍，不是用文言文寫的道德教條和口號，只方便人演講時徵引幾句以壯聲威。他們充滿生命力，深刻時有睿智又觸動人心，淺白時卻是如此理所當然：「其亡也，以民為土芥，是其禍也」，不是易明得有點像廢話嗎？運天下於掌上未必是奢想，答案更奇妙地早在梁振英口中。看看為爭普選而在寒冬中絕食的學生、在打壓中血流披面的男女、在施救中險被拘捕的醫護人員，不也應該自問由他領導的這個官逼民反的政府：「是可忍也，孰不可忍也？」

《明報》二〇一四年十二月七日

博物館與帕慕克

多得友人家榆相告，我才知道河北有間「冀寶齋博物館」，非同小可。雖未親身遊歷，但單看網上圖片已覺怵目驚心，皆因館內文物，假到儼然進入了忘我的境界。瓷盤要多大有多大，瓷罐要多古老有多古老，但其手工之馬虎，館主常識之淺薄，均是路人皆見。漢代固然不會有青花瓷，正如雍正年間的器物不可能畫有《紅樓夢》的金陵十二釵。館主一於少理，甚至隨便到在一組十二生肖瓷器的介紹上，不知是嫌原來寫的太過誇張還是不夠誇張，便用白油把「年代」一欄的資料塗掉，手寫一個歪歪斜斜的——「商」。

純粹批判館主愚昧，未免糟蹋這所博物館的意義。我們逛博物館，一般都假設展品為真，就算是如骸骨和模型等複製品，最少都希望符合歷史事實，於是我們才覺得可借物件增長知識。如果博物館的展品都是假的，他還稱得上是博物館嗎？這樣問，是因為知道「冀寶齋博物館」時，不禁想起對博物館情有獨鍾的土耳其作家帕慕克（Orhan Pamuk）。那位館主欠的，可能不單是歷史知識和自知之明，而是一本與博物館共生的小說。他的問題或許不在造假，而是假得根本不夠徹底，因為他還依戀現實世界。帕慕克就不同了，他開了一間只有贗品的博物館，對應的還是自己一手創造的虛構世界。以下就借瀏覽帕慕克的三本書，回溯他這段造假的歷史。

事情要從帕慕克二〇〇八年寫成的長篇小說《純真博物館》（*The Museum of Innocence*）說起。小說背景設在七十年代的伊斯坦堡，男主角是一富家公子，婚前不久卻與另一女子相戀，激烈卻短暫，因女子一天突然消失了。主角無法重投正常生活，唯有靠儲存和玩味女子觸碰過的物件度日，包括她的耳環、煙頭、火柴等等。等待等待又等待，再重遇時，女子經已另嫁他人，但主角繼續與她交往，並繼續搜集和儲存一切跟她有關的物件。後來，女子與丈夫離婚，主角終能與女子在一起，將要結婚，卻又遇不測。最後主角便將女子住所改建成博物館，展示儲存多年的物件，同時囑咐小說家帕慕克要把故事寫出來。

因為寫的都是回憶，所以《純真博物館》的敘事者，間歇會跳出來直接跟讀者說話，口吻像個展覽導賞員。例如在第九章寫到女子的耳環，便用括號補充一句：其中一隻耳環就是現時館中的首件展品。在第三十六章，提到主角寫給女子的一封因為羞愧而始終藏着的信件，便寫道：如讀者和博物館的遊客能打開這封信，便知道我對女子是多麼卑躬屈膝。

由此大概可以想像，《純真博物館》是本建基於物件的小說，借物件的描述，構造一段愛情故事，以及城市變遷的歷史。同樣是西風東漸，《我的名字叫紅》寫的，是十六世紀土耳其細密畫師（miniaturist）面對從威尼斯而來的透視畫法之衝擊，《純真博物館》寫的則是土耳其西化過程的掙扎與憂鬱。書中物件，小如一枚舊日在公共電話亭使用的代幣，都在召喚伊斯坦堡的城市記憶，勾勒幾代人一去不返的生活氣息。

我本來不算十分喜歡《純真博物館》。小說的情感雖然豐富細密，卻覺得中後段講拍電影的部分結構鬆散，也找不到小說真要這麼長的理由。但後來卻稍改觀，因為《純真博物館》中那個筆觸寫實的虛構世界，最終竟流進了現實。帕慕克在成書之後，果真把伊斯坦堡一幢樓房改建成「純真博物館」，幾經延遲，去年終於開幕，展示在小說提及大大小小的物件。於是，印在小說最後一章的博物館門票，終於有了現實的着落，因為據說只要手持小說上的門票，就可免費進入這間真實的博物館。

這樣為小說起一間博物館出來有何意義？跟主題公園又有分別嗎？我想從帕慕克在二〇〇九年的羅頓演講（Norton Lectures）編成的小書 *The Naive and The Sentimental*

Novelist 說起。題目源自德國哲學家席勒（Friedrich Schiller）的文章 "On Naïve and Sentimental Poetry"，此書的大陸版譯做「天真的和感傷的小說家」，台灣版則譯做「率性而多感的小說家」。讀哲學的朋友說，原文 Naïve 與 Sentimental 的分別，關鍵在於意識之有無，雖然都跟美有關，但 Naïve 的像是無心為之，Sentimental 的則充滿自覺。帕慕克將這組概念扣連到小說創作，再延伸到我們閱讀小說的經驗，似乎都在這投入與抽離、相信與質疑的兩極之間來回擺盪，回應了大陸和台灣譯者都隱去的副題："Understanding What Happens When We Write and Read Novels"。

我覺得書中最好看的，是第四章〈文字、影像、物件〉和第五章〈博物館與小說〉，兩章更有不少互相呼應之處。在第四章，本身是畫家的帕慕克先比較了寫作與繪畫的分別，他的一個想法很有意思：不少重要小說家都會暗暗羨慕畫家，似乎是因為，文字就是無法趨近影像散發那種直接而強大的力量。以他自己為例，便總覺得繪畫時較直率和純真，倚靠天才；寫作時較複雜和老成，倚重智力。

這說法也為「純真博物館」下了一重要注腳，因為博物館正是一個直接呈現物件與影像的地方。小說記錄語言，博物館保留物件，都在時空之中，儲存了舊日的生活痕跡。於是在第五章，帕慕克就重塑了構造「純真博物館」的過程，時序並非先虛構後真實的判然二分，而是一個互相混和的過程。例如，帕慕克有次在二手店看見一條橙花綠葉的裙子，直覺認為那絕對適合小說中的那位女子，便先買下來，再構想一個她穿這條鮮色裙子的場景。

如此一來，我們就不難想像，帕慕克視線所及的尋常物件都充滿了新的可能和故事，就算本來乏人問津，一下子都有了扭轉命運的機會。難怪帕慕克說，寫成《純真博物館》之後，室中早就堆滿各式各樣的舊藥瓶、鈕扣、衣物和廚具。以他這種眼光瀏覽城市的舊店舊物，更不止關乎文學和藝術，而是一個人類學式的城市考察了。

這還不止，因為帕慕克去年又出版了尚未有中譯的《物件的純真》（*The Innocence of Objects*）。不是小說，也不是論文集，而是關於「純真博物館」的展覽目錄冊，以相片為主，講解整個博物館的策劃和成立過程，包括選址經過，中間因遇到政治檢控而一度以為無法完成的擔憂，帕慕克與工作人員如何搜尋和擺放舊物，解決各種困難等。

書中不乏有趣的片段，例如寫到一群常在樓房附近踢球的小孩遇見帕慕克時，總會問他博物館究竟何時開幕，因為他們又把足球踢進後園了。帕慕克說，到前後用了十三年完成的博物館開幕時，一共拾到十八個足球，都已漏氣，還保留了其中之一作為館中展品。《純真博物館》寫虛，《物件的純真》紀實，「純真博物館」則是既虛構又真實的合體。帕慕克之野心如此龐大，情感如此充盈，重讀小說，能不稍稍因之改觀？帕慕克建立的雖是「純真博物館」，率真地藉此與已逝者共存，但整個創作計劃卻是複雜、自覺而感傷的，所謂 The Naive and The Sentimental Novelist，講的不正正是他自己？

話說回來，《純真博物館》第八十一章很好看，寫到主角慢慢有一嗜好，每到不同國家遊覽時，總會花大量時間參觀一些不知名的小型博物館，都影響了他對博物館的想法，然後便列出這些博物館的名字和其中的發現。若然主角有幸參觀河北的「冀寶齋博物館」，說不定會決定為他寫一部小說。到時候，那組十二生肖瓷器，可能就給放在酒池肉林旁邊，以作紂王玩樂時的小小點綴了。

《明報》二〇一三年七月二十一日

希尼的小詩

企鵝出版的英詩選集 *The Penguin Book of English Verse*，篇首〈致讀者〉的起句寫得好："The chief, if not the only end of poetry, Dryden said, is to delight." 這 delight 當不同於一般感官的愉悅，而在美感，幾近一種「減一分太瘦、增一分太肥」的精準合度，縱使內容悲傷，亦無礙這恰到好處引發之愉悅。

新學年開學不久，異常忙碌，知道了愛爾蘭詩人希尼（Seamus Heaney）的死訊，即時想起的，便是他的小詩"Mid-Term Break"。或許潛意識已在渴望假期，但這首描述一位少年人見證弟弟死亡的詩，實在含蓄精煉，符合「to delight」之旨。此詩收錄在希尼一九六六年的詩集 *Death of a Naturalist*，全詩八段，頭七段每段三行，最後一段僅得一行。詩以第一身寫成，以下嘗試擷取詩句，扣連全詩。

第一二段說，我在上學途中，明明沒病，也沒詐病，卻要在醫療室由朝早呆坐到下午。等待時百無聊賴，只好數着下課的鐘聲。我大概尚未意識到"Counting bells knelling classes to a close"一句中，bells knelling 和 close 都或是不祥之兆。到下午二時，終於有人駕車來接我回家，但那卻是鄰居，家人在哪裏？終於回家了，平日對喪事總能處之泰然的父親，竟然就在門前哭泣。一個大叔說“It was a hard blow”。我又怎能知道，那指父親受了嚴重打擊，抑或那是一記猛烈的撞擊？

到了第三四五段，家中嬰孩一如既往，繼續在叫、在笑、在搖，不受干擾，自得其樂。我進門即感尷尬，因為眾老人見我回來，竟然一一起立，跟我握手，身份與禮數一時對調。他們接着還說“sorry for my trouble”，這麼凝重的語氣，少年人哪裏消化得來。家中陌生人低聲傳話，知道我就是家中長子。母親不像父親嚎哭，只是“coughed out angry tearless sighs”，欲哭無淚。晚上十時，救護車來了，將傷口已經止血的屍體運回家中，讓親人守靈。

頭五段的句子幾乎是一行一句，節奏平穩。但到第六段，句式跟先前幾段不同，三行的句末都有凸出之字詞。翌日早晨，我上了房間，大寫的「Snowdrops」一字凸出在首行之末，似乎是我一眼在窗口看見的畫面。除了雪花蓮，這跨行連續句(enjambment)也寫蠟燭，聖潔、光亮、溫暖，都使床邊更加安然。“I saw him”凸出在第二行之末，過了一整天，我終於親眼看見弟弟了，下一行緊接說“For the first time in six weeks.”因我在學校寄宿，兄弟二人已有個半月沒相見。第三行末凸出的是

"Paler now,"，再接進第七段的首行"Wearing a poppy bruise on his left temple"。經眼的先是顏色：弟弟蒼白了，臉龐瘀傷卻如罌粟花般紅中帶黑。他現在，就躺在四尺長的盒子之中。"No gaudy scars, the bumper knocked him clear." 沒俗艷的傷口，車前橫鐵，把他撞得乾乾淨淨。頭七段每段三行，第八段只得一句，獨立出來，全詩收結更有力量："A four-foot box, a foot for every year." 我着眼的不是弟弟，而是盒子。此情此景，我竟用上除數：弟弟四歲，一年一尺。空間時間，如是扣連。

因弟弟的死而急急回家，如此"Mid-Term Break"不要也罷。但這Break除了是上學的中斷，生活規律的中斷，大概還遙指生命的中斷。希尼此詩微妙之處，是用清淺的筆觸代入少年人的世界，寫出他感官與認知之不同步。這樣沉重的事情突然發生，打亂熟悉的身份和習慣，物像一一撲面而來，耳目的感官唯有一一接收；因為陌生，認知和情感遙遙落後，他大概未及反應，遑論傷心。這一先一後，令我想起伊戈頓（Terry Eagleton）在《文學理論》（*Literary Theory*）的後記的一句話："Understanding is always in some sense retrospective"。當時總是惘然。

詩人要多敏銳，才能寫出主角這種當下的木然？全詩的表達恰到好處，正如那盒子的長度，竟與弟弟的年齡相匹配。悲傷的詩，卻因美感的提煉有另一種因準確而來的 delight。初讀希尼的“Mid-Term Break”時，還不知這是詩人的親身經歷，希尼弟弟在他讀寄宿中學時給汽車撞死，事隔多年，他才回頭捕捉當日景象。

但詩和詩人畢竟有各自的生命，希尼走了，享年七十四。這幾天重讀其詩，順帶也翻閱二〇〇六年的筆記簿。那年希尼到香港大學演講，我去了聽，印象中他頭髮花白，語氣祥和。我在筆記抄下的東西不多，卻很喜歡他說的這句話：“I am not confident; my poems are.”

《明報》二〇一三年九月十五日

按：原文誤把詩中「Snowdrops」一字當成雪片，後見鍾國強先生於其網誌為文指正，方知這是「雪花蓮」，我卻一直望文生義，錯得一塌糊塗。讀書大意，對希尼不敬，深感懊悔。

從果戈里的〈鼻子〉說起

烏克蘭局勢未明，不知克里米亞（Crimea）最終會否從中脫離，如一個鼻。

本以為認識的烏克蘭人只有舒夫真高，最近才發現作家果戈里（Nikolai Gogol）也是烏克蘭人。他的作品我讀得不多，一直誤以為他是俄國本土作家。果戈里生於一八〇九年愚人節，小時用烏克蘭文寫作，青年時期的俄文創作亦以烏克蘭傳說為背景。他在中國最為人熟悉的應是魯迅仿效的〈狂人日記〉（"Diary of a Madman"），但我印象最深的，卻是他在一八三六年的短篇小說〈鼻子〉（"The Nose"）。

果戈里出名古怪，〈鼻子〉可見一斑。故事分三部，講一個俄國八等文官，某日醒來，發現鼻子竟無端不見了，眼和口中間如班戟平滑。他在聖彼德堡有頭有臉，又愛結識女孩，大驚之餘，自然希望尋回失蹤的鼻子。他的即時反應是：報警。鬼鬼祟祟走到街上，未至警局，他卻看見一個不可思議的景象。面前停着一輛馬車，從中穿着制服步出的紳士，正是他自己的鼻子，而且從裝束來看，官階還要比他高三等。鼻子不見了已很難過，現在「鼻子」還變成了「鼻哥」，真是雪上加霜。鼻哥走進了一所東正教大教堂，他不得已緊隨其後，但教堂的環境和官階的差別都使他怯懦又吞吐，他只好低聲下氣勸大鼻回到臉上，中途卻為一經過的美女而失神，大鼻就無聲無色溜走了。

滿紙荒唐言，究竟所為何事？我的直覺是純為荒誕胡混，但認為果戈里意在諷刺俄國官僚體制的亦不乏人。今回重看故事，發現有些細節先前並未留意。例如是大鼻與主角對話的場景。上面提到是在教堂，但由簡特（Leonard Kent）編輯的《果戈里故事全集》有一注腳，說果戈里知道當時隻手遮天的審查機關，必會認定大鼻這樣在東正教堂出現是褻瀆，故想過將之改為天主教堂。最後版本則再改成市集，原文抑壓的氣氛盡失。是以簡特依據原作，修訂了翻譯家加納特（Constance Garnett）的譯文，以保作品之精神。

史朗寧（Marc Slonim）在《俄羅斯文學史》說，俄國的審查制度與尼古拉一世的關係尤大，為防革命種子與西方影響，舉凡詩歌、小說、教科書、圖畫等都在審查之列，但因制度之僵化而屢鬧笑話。果戈里從十六歲到死的一年，俄國都在尼古拉一世治下。不過必須補充，果戈里與尼古拉一世關係不俗，本身也是農奴制和東政教的支持者，立場傾向保守，故〈鼻子〉不似為諷刺政治制度而作。〈鼻子〉主角見大鼻溜走後，必須再想辦法。他先去報館希望登廣告。但職員說，不能啊，登這樣荒唐的尋鼻啟事簡直有損報格，何況不久之前，才有人借登尋犬啟事來詆毀某部門的司庫。他聽後很沮喪，報社職員為安慰他，好心遞他一個鼻煙盒，聞一聞醒醒神。崩口人忌崩口碗，無鼻人憎鼻煙盒。他只好懷着羞憤離去。輾轉終於到了警局，但警員偷財之餘，還侮辱了他一番，關鍵是「尊嚴」一字。警員說，值得尊敬的人都有鼻子，隱隱呼應文中八等官五等官這種種名相，亦下開主角晚上回家後對僕人的吆喝。

據說果戈里曾打算以主角之夢醒作結，幸好沒有。退一步想，他的下場如何，大鼻最後有否回歸，或許均非關鍵，因那都不及文末的一段議論有趣。在第三部末段，敘事者繞開故事直接跟讀者說：這麼荒謬的故事，對國家毫無益處，但荒謬的事不偏偏正四處發生嗎？

一八三六年始，果戈里離開俄國過活，一八五二年焚掉部分原稿之後十日死去，享年四十三歲。一年後，尼古拉一世率領俄國發動克里米亞戰爭，最終失敗而回。

一百六十一年後的今日，克里米亞又成俄羅斯與歐洲諸國角力之處，烏克蘭與俄羅斯亦仍為果戈里的身世爭持不下。

〈鼻子〉描繪的畫面鮮明奇特，初讀時已設想如搬上劇場會很好看。後來知道，一九二八年，二十出頭的蘇聯作曲家蕭斯塔科維奇（Dmitri Shostakovich）便把〈鼻子〉改編成歌劇，兩年後公演，卻劣評如潮。最近看ART21為南非藝術家簡德烈（William Kentridge）拍攝的紀錄片*Anything is Possible*，才知道他也鍾愛〈鼻子〉，數年前更結合他瑰麗多變的藝術媒界，重演蕭斯塔科維奇這齣〈鼻子〉歌劇。

簡德烈以繪畫和動畫知名，但除此以外，可謂各體兼擅，於印刷、剪紙、雕塑、歌劇、木偶、編織、劇場演出等皆有所得，曾拍攝錄像作品向電影先驅梅里耶（Georges Méliès）致敬，看他一些靠倒拍營造輕逸與詩意的畫面，尤令我想起高克多（Jean Cocteau）。簡德烈在片中的訪談，用字精簡，談及由〈鼻子〉引發的作品時，更顯見他對故事把握之深刻。他視〈鼻子〉為對俄國官僚的冷嘲，並將之引申到史達林治下的蘇聯，再扣連到南非的過去；既能用自己的藝術語言轉化經典，也使常被濫用的多媒體創作得到其應有的價值，非常難得。

簡德烈是活在南非的歐洲人，父母為律師，曾幫助在種族隔離政策下的受害者，父親 Sydney Kentridge 更為孟德拉的辯護律師，可以想像他的創作不可能無涉政治和歷史。他有一系列創作，即用大鼻和常見於俄國現實主義畫像的馬匹為中心意象，層層轉化，拒絕遺忘歷史裏小人物的遭遇。看訪談時一直試圖記住他的話，看完終忍不住，倒帶重看，抄下他論〈鼻子〉與二十世紀蘇聯種種巨變之關係。只一句話，卻意味深長："And sometimes the universality of laughter rather than the particularity of tears is...is a better way of approaching these huge social shifts and changes."

藝術家每每周旋於個別與普遍之間，光輝卻總在渾忘對立並從中超昇的一刻展現，最獨特的最普遍。簡德烈謂笑的普世力量要比獨特的淚更能捕捉時代，但這一笑，不知是嘲笑、大笑還是苦笑。看清楚，哄堂大笑可能原來是同聲一哭，笑中有淚。我無法不想起果戈里的墓誌銘："I shall laugh my bitter laugh"。

簡德烈最後借〈鼻子〉談論南非的種族隔離政策。如同俄國舊日的官僚制度一樣，分類井然，最高是歐洲人，逐級而下，墊底是非洲人，本身就極荒謬，卻主宰了社會如此之久。所以他認為，荒謬從來是現實主義之一種："The absurd always, for me, is a species of realism rather than a species of joke or fun"。正如果戈里在〈鼻子〉末段所言，看來最荒誕的事，正以最正常的方式到處發生。作家和藝術家，有時只是希望借其對世界的觀察，令他人看見就在鼻前的真實。

《明報》 二〇一四年三月十六日

求真——奧威爾的散文

暗角私刑是光明磊落。

中止談判是推動對話。

用催淚彈釋放善意，用黑社會維持秩序。

時勢如此，怎能不想起《一九八四》。前幾天在金鐘的「流動民主教室」，我以「淺談奧威爾」為題，簡論這英國作家在寫成《一九八四》前的大半生，如何在各政治風暴中，努力保持獨立和誠實，刺穿謊言說真相。依據的主要是其散文集，多年前初讀，覺得平實裏自有魅力，有些佳句至今未忘，如他寫書評人，寫狄更斯。而今重讀，更注意他總能抵住潮流的誘惑，把話說盡，不為自己留餘地，如他寫葉慈，寫甘地。

在我讀過的作家之中，奧威爾是最想成為「普通人」的一位，渴望用最普通的方法，寫文章給普通人看。從這慾望已可推斷，他本身大概不是普通人。生於中產家庭、年少讀伊頓公校、成年後在殖民地任警察，這些身世與際遇，既使他看見權勢的威力，也使他自覺從未認識真實世界，必須把將他懸在半空的氣球逐一刺破，一團血肉掉到最污穢貧瘠的土地，過最窮困艱難的生活，才算見識過人生實相。

奧威爾這種對「真實」的理解固然不無可議處，大可當成偏執。但為達成願望，他的確付出了非凡的精力：扮流浪漢露宿街頭，好被警察拘捕入獄；寄居英國中部貧困的工業區，以採訪工人生活；西班牙內戰時到加泰隆尼亞打仗，對抗佛朗哥，還要給流彈射中，有血有汗，於他而言可算求仁得仁。

親歷其境是一回事，如何說出真相是另一回事。就算不覺得愈簡潔的文字愈近真相，奧威爾也肯定認為，糾結的冗句，堂皇的廢話，都易給人拿來為非作歹。所以，他既身體力行，示範如何用簡潔的文筆報道和寫作；也反覆請讀者提防蠱惑人心的政治語言，"Politics and The English Language" 一文便是典範。他對文字的鍾愛可見於此句："In prose, the worst thing one can do with words is surrender to them." 不思考便是投降，甘受陳言病句所支配，給他們牽着到處走。

奧威爾在文末列出六項規條，謂有助我們寫作時言簡意賅，例如第二條說 "Never use a long word where a short one will do"，所以單字一個「無」，就比不知所謂的「不存在」好。但我認為，只要每日聽聽香港一眾高官的話，誰都能列出跟奧威爾相近的規條，讀時或會覺得他說的不過是常識。

說真話也需勇氣。事實有時教人難堪，但奧威爾認為，安樂日子尚能模稜兩可，關鍵時刻便須敢於冒天下之大不韙，說出就在鼻尖前的真相，這是他在“In Front of Your Nose”的意見。其中一段寫到香港，說二戰時早應交還中國，送新兵來等於送死，結果也證明確是如此。

奧威爾自言對甘地無甚好感，他在“Reflections on Ghandi”一文詳述了原因，貶稱甘地為“inhuman”，不主張用調味料，不建議有熟朋友：“No doubt alcohol, tobacco, and so forth are things that a saint must avoid, but sainthood is also a thing that human beings must avoid.”這跟奧威爾渴望成為「普通人」的願望一致。雖然如此，他卻深為甘地的赤誠折服：二戰前夕，有人問主張和平的甘地，受德軍逼害的猶太人該當如何。甘地答，他們應當集體自殺，以喚醒世人。答案不一定理想，但最少甘地沒有顧左右而言他。其時剛寫畢《一九八四》的奧威爾卻補充，沒有傳媒和集會自由，這集體自殺根本不能引起任何關注。

說到這裏，我慶幸香港還有傳媒和集會自由，雖然他們都危在旦夕。退一百步想，能冒天下之大不韙固然好，可以正正常常說事實也不錯。看過警察在暗角虐打曾健超那片段的人，只要智力正常，應會認為「拳打腳踢」是合理描述，而「期間懷疑警員對他使用武力」則顯得迂迴而多疑，不像人話。徹底點，不如寫作「期間懷疑有疑似警員的仿佛是人的東西對一個懷疑是人的東西使用疑似武力」，肯定更萬無一失。

看見「一群無綫新聞部記者的公開信」以及底下一個個署名，看見曾健超可以驗傷，記者可拍攝他的傷勢，而醫生大概不會說他是不小心跌倒，就更突然慶幸，還有一堆值得信賴的陌生人。就算不積極參與政治運動，甚至根本不理政治，只要工作跟真相有關的人，都盡忠職守，不看風使舵，不說謊，已可威脅極權統治。先前讀影評人伊拔（Roger Ebert），寫到《大風暴》（*Z*）中那位入世未深的檢察官實事求是，終令極權左閃右避，有一句深得我心："His sympathies are neutral, and a truly neutral judge is the most fearsome thing the Establishment can imagine." 當然，在如今日險惡的環境，盡忠職守的人都易失去工作，失職的倒在高位。如何馴良如鴿靈巧像蛇，實需大智慧。

極權最怕真相。能在巨大體制中把自己還原為個人，正常說出事實，鹿不是馬，二加二不等於五，便回到奧威爾的《一九八四》。小說裏那可憐的主角，不正是天天在負責竄改新聞的「真理部」(Ministry of Truth) 工作？控制了新聞，就可以篡改歷史，影響不止於一代。無忘初衷的記者，請繼續說人話，正常，求真。珍重。

《明報》二〇一四年十月十九日

奧威爾是告密者？

上月寫完〈求真——奧威爾的散文〉後，有兩位朋友分別傳來兩篇據聞最近頗給轉發的舊文，都是關於「文化冷戰」著作的書介。較著名的是英國學者桑達斯（Frances S. Saunders）寫的 *Who Paid the Piper?: CIA and the Cultural Cold War*，書介由王紹光所寫，大意指冷戰期間，包括奧威爾等反共作家，如何給美國一手捧紅，例如中央情報局便曾大力資助《動物農莊》及《一九八四》的流佈，以抵抗共產陣營，方使之成為近代的文化經典。

這我都是知道的，並不詫異。但書介裏有一節關乎奧威爾一生榮辱，下判斷前，不妨先把細節弄清。奧威爾過身前一年的一九四九，曾開列名單，將他懷疑在文化界的地下共產黨員或其同路人（"fellow travellers or inclined that way"）記下，交給了英國外交部的「資訊研究部」（Information Research Department），後世稱之為「奧威爾名單」。名單曾引起猜疑，於二〇〇三年後卻成為公開資料，如史學家卡爾（E. H. Carr）、演員雷格夫（Michael Redgrave）、導演查理卓別寧（Charlie Chaplin）等榜上有名。在《一九八四》痛詆極權、告密、思想監控的奧威爾，在現實生活卻似乎檢舉逼害政見相異者，他是言行不一的偽君子嗎？

我想從數年前過身的惹火作家希欽斯（Christopher Hitchens）說起，因他一直努力為奧威爾辯護。要知希欽斯有多惹火，看看老牌評論家伊戈頓（Terry Eagleton）的“Reach-me-down Romantic”便可以了，那是一篇曾使我大開眼界的書評。時為二〇〇三，奧威爾誕辰一百年，伊戈頓評論三本乘勢出版的奧威爾傳記。文章開段很有趣，先用了一大段逐點數落一個不知名的「他」：國家公僕之子，少讀名校卻學能不足，似乎投身左翼卻一身中產氣質，鄙棄個人崇拜卻不經意為自己樹立個人形象，不無知識但嚴格而言又算不上知識分子，晚年對專制國家之恨還使之背棄左翼立場。

那既是篇關於奧威爾傳記的書評，這個「他」，肯定就是伊戈頓素無好感的奧威爾嗎？錯了。第二段開頭即說：“Such, no doubt, is how Christopher Hitchens will be remembered. The resemblances to George Orwell, on whom Hitchens has written so admiringly, are obvious enough, though so are some key differences.”接下來，伊戈頓就力數奧威爾較希欽斯勤懇老實之處。問題是，希欽斯跟文章要評論的三本書，實無直接關係，伊戈頓卻用了書評的開頭三段來詆毀他，我才發現，原來可借書評罵人而罵得這樣理所當然旁若無人。

伊戈頓謂希欽斯曾歌頌奧威爾的著作，正是他在二〇〇二年寫的 *Why Orwell Matters*。第二章名為“Orwell and the Left”，希欽斯記載了各路人物對奧威爾的攻評，或謂其所謂左翼關懷都不真實，或謂《一九八四》的反共色彩強烈，結局更是悲觀到底，全無出路。然則有時也保守和傳統、重視自由的奧威爾算是右派嗎？第三章“Orwell and the Right”便接着討論這問題。

第七章“The List”便專門討論「奧威爾名單」。希欽斯先說奧威爾早在二戰時，已擔心作家易成極權的同謀者，跟友人向來在玩一遊戲，就是在筆記簿列出人名，估計假使英國被入侵或成獨裁統治，哪些公眾人物會變節支持新政權。一九四九年，為對抗蘇共宣傳和滲透的「資訊研究部」成立不久，奧威爾的舊朋友琪溫（Celia Kirwan）在其中工作，那年到了醫院探訪臥病的奧威爾，希望他能推介可信的人任職其中。奧威爾便從筆記簿上的一串人名，錄下三十八人，後附片言隻字的描述，交予琪溫，以示他們都不合用。

舉例而言，奧威爾在名單上懷疑是蘇聯間諜的史慕列（Peter Smollett），二戰時便為英國資訊部（Ministry of Information）蘇聯支部的頭目，在英國散佈過不少親蘇共的政治宣傳。後來的考證發現，這位史慕列，很可能就是曾因《動物農莊》的反蘇共傾向而阻止其出版的官員；及後也證實，他果然是位蘇聯間諜。奧威爾在予琪溫的信中說，如及早提防史慕列等人，就可阻止傷害。

希欽斯特別提到，奧威爾在寫給友人的信中明言，名單上的人物各有不同，須逐一審視，故跟後來美國的參議員麥卡錫（Joseph McCarthy），尤不能一併而談。希欽斯對桑達斯在 *Who Paid the Pipers* 暗示奧威爾描述人物時的性別和種族歧視，也不以為然，覺得小題大做，回應了幾下，便進而指出名單上的人物在事後的前途並無大礙，不宜誇大其影響。

二〇〇三年，「奧威爾名單」終成開放的資料，歷史學者亞殊（Timothy Garton Ash）研究後寫了"Orwell's List"一文，補充了好些背景資料。文章分三部分，第一部試圖推斷奧威爾當時的心境。奧威爾一九四五年在散文"You and the Atomic Bomb"發明了 cold war 一詞，到一九四九年，冷戰果真來了。他擔心西方陣營落敗，因大眾似乎還是昧於蘇共的實況，仍為其幫手打敗納粹德國而心懷感激。奧威爾其時苦病在床，絕望可想而知。亞殊特別從奧威爾對琪溫的書信中，點出他對琪溫的情愫，幾方面的原因結合起來，似乎就解釋了奧威爾為何會開列那名單。

第二部他試圖追蹤「奧威爾名單」的命運，交到哪個部門，又引發了甚麼後果嗎？大體是無甚影響，如史慕列等不單沒受制裁，還竟然給英國政府授勳。但因檔案不周，名單的命運查無下落。亞殊進而追查「資訊研究部」的來龍去脈，並訪問其舊職員，包括琪溫當年的上司。亞殊把這部門形容為semisecret，既列明隸屬於外交部，卻隱藏部分職員的身份。最初目的是為抵抗蘇共於一九四七年成立的情報局Cominform，主要職責是為信賴的作家和出版社提供蘇聯的資料，也資助反共作家如羅素（Bertrand Russell）出版著作，到了五十年代後期則離此溫和路線，會抹黑和騷擾親共人士。但奧威爾於一九五〇年早就過身了，這自然都是後話。亞殊在文章第三部分便為「奧威爾名單」下判斷：若指控奧威爾因其政治立場促進冷戰，則罪名成立；但若指控他向秘密警察告密，擔任上《一九八四》中的「思想警察」（Thought Police），則不符事實。

跟所有「普通人」一樣，奧威爾固然也有虛怯軟弱的時候，但「奧威爾名單」就足以證明他為虎作倀假仁假義嗎？王紹光在*Who Paid the Piper*的書介有這樣一段話：「奧威爾曾在《動物農莊》的序言中堂而皇之地引用伏爾泰的話說，『我不贊成你的觀點，但會誓死保衛你說話的權利』。但他臨死前的作為卻好像是說，『我不贊成你的觀點，所以我有權向有關當局檢舉你』。不過言行不一的『自由主義者』又豈止奧威爾一人。」

荒謬的是，奧威爾幾經辛苦為《動物農莊》找到出版商後，在一九四五年出來時其實並無序言。是奧威爾沒寫序嗎？不是。學者在七十年代發現原序手稿，名為 "The Freedom of the Press"，指責其時英國傳媒之自我審查，壓制批評蘇聯的聲音。為何沒刊出呢？那還是一單文學懸案，雖然當時共產陣營都把《動物農莊》列為禁書，而在德國地下出版的《動物農莊》若給美軍撿得，充公後要不燒掉，要不轉交蘇軍。話說回來，讀了一些學者對「奧威爾名單」抽絲剝繭的研究，知道更多細節之後，我會跟王先生說：我不贊成你的觀點。

《明報》　二〇一四年十一月十六日

改編之難——《大亨小傳》

雖不喜歡巴茲魯曼（Baz Luhrmann）的電影風格，本來還是想看看他新上映的《大亨小傳》（*The Great Gatsby*）。為了比較，看前特意找來一九七四年英國導演克萊頓（Jack Clayton）的改編，看後也就打消看新版本的念頭。算了，無謂再次失望，寧可花時間重讀費滋傑羅（F. Scott Fitzgerald）這佳作。

克萊頓的版本由《教父》的導演哥普拉編劇，羅拔烈福做主角，電影卻頗難看。影評人伊拔（Roger Ebert）為之寫過一篇公允的評論，從選角、場景、演技到改編之視野等，逐樣批評，針針見血，不妨摘錄幾段。論電影中如「綠燈」等象徵："The beacon and the other Fitzgerald symbols are in this movie version, but they communicate about as much as the great stone heads on Easter Island." 虛有其表，空空洞洞。論主角蓋次璧之首次登場："it's a low-angle shot of a massive figure seen against the night sky and framed by marble: This isn't the romantic Gatsby on his doomed quest, it's Charles

"Foster Kane." 雄偉如此，《大亨小傳》一下竟變成《大國民》了。

伊拔寫得最好的一段，是對電影收結之批評：如此大量引用小說原文、看來忠實之改編，怎可能以一首版本嬌艷俗氣的 "Ain't We Got Fun" 作結？何況小說的最後一句，還要力重千鈞，享負盛名？伊拔的猜想是："Maybe because the movie doesn't ever come close to understanding it"。Understanding 一字看似容易卻艱辛，不能心通理解，再落力也徒具形似，無法得其精神。

電影有兩場令我尤其不滿，一是蓋次壁與敘事者尼克（Nick）之初遇，一是蓋次壁之被殺。原著寫尼克一晚在謠言與閒談之間，無意中發現對話的人就是蓋次壁；電影所見，則是蓋次壁待在守衛森嚴的房間約見尼克，顯得煞有介事之餘，亦過分突出蓋次壁孤高的形象。原著寫蓋次壁之死，先用優美文句，描述他躺在泳池休息時之想像，再寫槍聲，然後着墨於池面的波動：風吹葉落，紅色的水流旋轉。到了全章之末，才以一句交代園丁在草叢發現威爾遜的屍體。電影的處理卻出奇笨拙，先拍威爾遜潛進蓋次壁家中，神情慌張，拿出槍來猶豫應否自殺，再從簾後步出，射死蓋次壁。整個中槍過程都拍了出來，原書的悲劇意識也就一掃而空。電影最後的二十分鐘，簡直不堪入目。

費滋傑羅在一九二五年出版的《大亨小傳》寫得簡練，只有九章，借尼克的視角，逐步從謠言與疑惑中發現蓋次壁的故事，例如他費盡心力要回到過去的幻想，而這也同時是尼克認識世界的過程。末段描述幾個角色的際遇，尤能呈現世事的陰差陽錯。台北桂冠出版的中譯《大亨小傳》極好，因為除了喬志高先生傳神的譯文，還有林以亮的導讀。林以亮即宋淇先生，對文學和翻譯素有心得，簡短的導讀不乏高見，例如這段：

尼克可以看到事實的真相和悲劇性；蓋次壁卻運用想像力來改變和創造事實。尼克的性格使他可以看透一切，他不會受到損害，可是他永遠不會快樂。蓋次壁可以體會到人生中的狂歡，可是他的結局註定是悲劇的收場。尼克永遠向後縮，蓋次壁卻永遠在追尋着「綠燈」。作者很容易拿二人對立起來，因為二人代表的正是人類中最優良的典型，可是我們讀《大亨小傳》時，並不覺得有明顯的對立存在，二人中間的關係使我們覺得：與其說他們是對立的矛盾，不如說他們是相輔相成的統一，只有他們二人才真正站在一起，面對全世界的人，無須覺得自慚形穢！

尼克和蓋次璧都是美國西部的人，跟東部的浮華始終格格不入。費滋傑羅描述大城市的文句往往莫名淒美，如在第三章，用幾句就點出紐約大街之荒涼，行人之寂寥："At the enchanted metropolitan twilight I felt a haunting loneliness sometimes, and felt it in others – poor young clerks who loitered in front of windows waiting until it was time for a solitary restaurant dinner – young clerks in the dusk, wasting the most poignant moments of night and life." 氣氛有點像詩人艾略特〈普弗洛克的情歌〉（"The Love Song of J. Alfred Prufrock"）的開段。費滋傑羅與艾略特相熟，《大亨小傳》書成即寄贈艾略特，艾略特回信說已讀了三遍，認為那是罕見的傑作。

文學名著改編成電影總是難事。最成功的，我想起的有奧遜威爾斯和黑澤明。厲害如維斯康堤，改編卡繆的《異鄉人》亦不出色；改編湯馬斯曼的《魂斷威尼斯》口碑較佳，但我也不算喜歡，略嫌他處理「美」這主題時斧鑿痕跡過多，失諸刻意；改編藍培杜莎（Tomasi di Lampedusa）的《氣蓋山河》，則或因導演對貴族生活有親身感受，拍來揮灑自如，乃成經典。

艾柯（Umberto Eco）在論翻譯的 *Mouse or Rat?* 一書，就以維斯康堤的《魂斷威尼斯》為例，分析改編的問題。艾柯把這電影厚詆為“one of the most blatant cinematic misinterpretations of a book”，覺得電影對小說的幾個改動都是敗筆。限於篇幅，只舉兩項。第一，維斯康堤把主角的身份，從崇尚純粹和古典等藝術理想的作家，改成了鍾情於馬勒的音樂家，削弱了他看見美少男時內心之掙扎，因這樣無法突顯太陽神被酒神征服、理想逐步毀滅的過程。艾柯的說法精準：“Aschenbach speaks as if he were Bach, but we hear Mahler”。第二，跟原著不同，主角在電影甫出場，已經虛弱疲弊，跟威尼斯的衰敗氣息相近，輕易融入其中，少了原著那份抗拒。同理，原著講主角要慢慢努力才得到姓名中“von”字的尊稱，但電影的主角一出場已有此稱謂，形象更近於頹廢的貴族，跟威尼斯的萎靡太接近，失了張力。

艾柯強調問題不在改動原著與否。維斯康堤拍《氣蓋山河》也有修改，但因他能使觀眾“understand the deep sense of the novel”，所以成功。Understand一字又出現了，伊拔說的是導演能否領會，艾柯說的是導演能否令觀眾領會，關鍵從不是情節，而是精神。所以，我想若要把《大亨小傳》改編成電影，維斯康堤應是最佳人選。他對時間的流逝如此敏感，又明白上流社會的奢華空洞、醉生夢死。由他處理《大亨小傳》中夏天之溽熱，人之倦怠，及其中各種象徵，肯定更富美感。相信他也斷不會無視小說的最後一句："So we beat on, boats against the current, borne back ceaselessly into the past"。

《明報》二〇一三年五月二十六日

改編之視野——《審判》的笑聲

過去幾年的十二月都為卡夫卡寫過文章，今年碰巧是他誕生一百三十週年，再接再厲，淺談《審判》，但主角卻不是卡夫卡。就算沒讀過，都大概對這小說有所聽聞：如果你一朝醒來，發現家中站着一個警察，說你已被逮捕，但你再三追問，仍無法知道罪狀為何、誰人告狀，你將有何反應？不知指控的內容，要證明自己清白就更徒勞。但你還是會盡力的，可能會找辯護律師。一旦進入法律程序，你便須接觸一套更嚴謹也更枯燥的語言，總是活在等待之中，讓冤枉、憤怒、恐懼、絕望，都有足夠時間流轉交迭。

卡夫卡臨死把包括《審判》在內的手稿，交給好友布洛德（Max Brod），託他燒毀。布洛德沒跟從，因他早就讀過《審判》數章，覺得好極，見其尚未完稿，還為各章排序，於卡夫卡死後一年出版。

一九六二年，美國導演奧遜威爾斯（Orson Welles）將《審判》改編成電影。既恭謹，也改易，半分無愧於卡夫卡。電影的首尾莊嚴，中間卻穿插喜鬧跳脫的場景，悲欣交集。論其喜，同為導演的波丹諾維茲（Peter Bogdanovich）在 *This is Orson Welles* 一書，即記載了這宗軼事：波氏敬仰威爾斯，但不喜歡其《審判》。威爾斯說，那只因他看不出這電影是多麼有趣，於是一晚特意帶他到巴黎一場《審判》特別放映會，跟他一起重看。場內都是紳士女士，衣冠楚楚。電影開始，黑暗中，威爾斯與波氏邊看邊笑，身旁的人只好不斷示意請他們安靜點。波氏語帶譏諷地說：“Kafka and Welles were Serious Art”；刻意大寫。但太嚴肅，就欣賞不到《審判》的胡鬧了。

更吸引我的卻是電影之悲。在《審判》，威爾斯極擅於為空間營造氣氛，主角廁身的世界像個大迷宮，總是人影幢幢，時而壓迫，時而蒼涼。他從一處移身到另一處的過場段落全都好看，開門關門，便已闖進另一異域，觸目驚心。他初次返回公司的一幕更是精準：數百個人在井然分佈的辦公桌上同時打字，主角便在混成一片的打字聲中穿插過去。我們後來還發現，二樓還有一部大型電腦，似乎主宰整間公司的，正是這座機器。

卡夫卡原著沒提及電腦，這是威爾斯加插的。他把《審判》安放在自己的時代之中，所以電影中其他等待審訊的犯人，都令人想到集中營的畫面：夜裏，一座大雕像，全身被布遮蓋，依稀像張開雙手的耶穌。下面則是一群沒穿上衣、手拿號碼牌的老人，眼神空洞，等候發落。另一幕：巴黎奧塞車站中，被控告的一群人戴着帽子，穿着大衣，站着等待。突然，一個守衛從二樓大聲喝斥。眾人仰望上方，一一脫下帽子。

卡夫卡是猶太人，在捷克成長，用德文寫作，一九二四年因病不能進食，餓死。要是他多活十幾年的話，下場可能會跟他三個妹妹一樣，要不被德軍遞解後消失，要不死在集中營。威爾斯把電腦和集中營的聯想放進《審判》，是藝高人膽大之舉，令電影更添悲涼。但我認為最重要之改易還是結局，因其悲劇意識，令結尾變得悲壯。

先說原著。尾二一章，講主角跟牧師在教堂中論辯。卡夫卡把已在別處發表的短篇寓言〈法律門前〉（"Before the Law"），放進牧師口中：一個從鄉郊來的人走到法律之門前面，希望內進。門口的守衛說，現在不可。大門敞開，鄉下人只好探身窺看。守衛說，自己雖有權力，卻只是眾多守衛中地位最低的一個，門後有門，守衛將一個比一個高級。鄉下人只能一直等待，中途試過賄賂守衛，守衛都收下，卻說只是免得鄉下人覺得自己做漏了事情，但仍不許他內進。許多年過去，鄉下人老了，視力衰退，臨死前問守衛：為何等了那麼多年，除了自己，並無他人來門前求進？守衛回答：這入口只是為你而設，而我現在便會把他關上了。

主角和牧師對這寓言有不同解讀，譬如被騙的究竟是等待的人還是守衛，以及自由意志等問題，本身就是個關於詮釋的故事。原著最後一章則寫主角之死：夜深，兩個人把主角帶到石礦場，脫去他的衣服，着他躺下，最後一人把刀插進主角心口，他死前說了一句「像隻狗！」，充滿羞恥。

威爾斯改編時，先把〈法律門前〉放在電影開頭，到末段又重出。主角在教堂遇上由威爾斯親身飾演的辯護律師。投影機將寓言的片段打在主角身上，他就成了那等待的人，威爾斯則用低沉的聲線讀出寓言，儼然成了那門口的守衛。主角在這場戲的態度明顯倔強起來，不再奢求幫助，也不甘心成為這荒謬世界的同流者。離開教堂前，牧師見他在暗黑的教堂摸着牆壁尋找出路，便問："Can you see anything at all?"這see只是「看見」嗎？抑或是「明白」？主角回答的一句看似風馬牛不相及，卻蘊藏深意："Of course I am responsible."他究竟是為甚麼負責？是為那暗黑嗎？是為世界的荒謬嗎？是為他這曲折的遭遇嗎？還是為自己或許沒犯過的罪？

威爾斯在這幕的改動是重要伏筆。世界如何，播弄如何，我也一一承擔。離開教堂，主角便被兩個人帶到石礦場去。脫衣，躺下，那兩個人拿出刀來，不肯定誰應動手。但就在這裏，威爾斯完全背離卡夫卡，主角沒被白白插死，而是主動挑釁那兩個人。二人退卻，他便從石堆中站起來喊道：「你，你要動手殺我。來吧！來吧！」然後大笑。

二人走到高處，扔下一捆炸彈。主角笑得愈發激烈，還試圖把身旁的炸彈擲回去，未及，炸彈便在笑聲中爆發，火力之大跟要殺一個人絕不相稱，鏡頭影着煙霧騰升，莊嚴的配樂"Adagio in G minor"同時奏起。不是躺下的狗，而是自立的人，獨立於天地，再無畏懼，再無羞恥，在大笑與爆炸中化為灰燼。那簡直是壯美！

威爾斯自言，在二次大戰發生之後，接受不了在原著中應是猶太人的主角躺着死去。電影主角這承擔與大笑，令我想起關子尹先生在《語默無常》的一篇文章，名為〈說悲劇情懷〉。主角在死前為何大笑？那笑聲代表甚麼？關先生這段話，或可資參考：「長久以來，『笑』這種帶有辯證意味的複雜性格，一直是哲學家最喜歡思考的問題之一。在許多哲學家眼中，笑雖然是情感的產品，其意義卻往往超越了理性的思辨，用之於生命中艱難處境的安頓，亦往往比理性更能鞭辟入裏。如尼采以 das Lächerliche 去表達我們一般所謂的『荒謬感』，即宣告吾人可以藉着嘲諷命運裏的不幸（包括對一己不幸的自嘲）使不幸顯得渺小而得以紓解。」此句之下有注釋：「德文 das Lächerliche 來自 lachen（笑）一詞，英文一般譯作 absurd，字面的意思其實是

laughable。」荒謬，就是可笑的。

卡夫卡的作品以荒謬見稱，威爾斯則靠超然一笑來回應世界的荒謬，從牢牢的踐踏中兔脫而出，以藝術昇華，釋放怨憤，馴服恐懼，故我認為威爾斯把自己的《審判》稱作「黑色喜劇」(Black comedy)，實是正言若反。他一定清楚電影的悲劇情懷。波丹諾維茲曾問他，戲中主角之死是否跟拒絕辯護律師有關，他說主角拒絕的，是失敗，然後特別提及 Defiance 一字，並在這「不屈」之後補充：“That’s mine”。這“That’s mine”，既可指此態度不屬於原著，也恰好歸納了威爾斯自己在電影路上的態度。威爾斯拍完《大國民》後，浮浮沉沉，中途還要去做演員和拍廣告來籌錢拍戲。真巧，他拍來拍去無法完成的電影，正是《唐吉訶德》，可算是他這「不屈」的最佳寫照。

如果威爾斯的《大國民》真被為後世過譽，那麼，他二十年後拍成的《審判》受到的輕視，就遠遠更不公平。《審判》的藝術地位實在《大國民》之上；論名著改編，具備他那視野者亦屈指可數。但世事偏偏如此，應哭之？笑之？

《明報》 二〇一三年十二月二十二日

星星之火

數年前一晚深夜，作興連看了兩部主題相連的德國電影，看完已是清晨。第一部是《蘇菲最後的五天》（*Sophie Scholl: The Final Days*），講二戰時期，德國慕尼黑大學一個散佈反納粹傳單的女子之真實故事。電影主要拍蘇菲索爾被捕後的審訊過程，沒有虐打沒有哭號，氣氛平靜而沉鬱。

第二部是《希特拉的最後十二夜》（*Downfall*），看前不知他跟《蘇菲最後的五天》竟有如此深刻之扣連：不在希特拉，而在希特拉的秘書容格（Traudl Junge）在電影末段的自白。容格說當年少不更事，至戰後才了解猶太人受害的情況。但直至一天，她偶在街上經過了蘇菲索爾的紀念碑，赫然看見二人原來同年出生，並發現索爾為公義被處死那一年，二十一歲，她正當上了希特拉的秘書。她最後說：直到那刻才真正感到，年青不能是藉口。

兩週前在中文大學博群電影節，看完中國導演胡杰的紀錄片《星火》，竟想到了數年前那清晨，兩部德國歷史電影給我之震撼。

希特拉掌權時，德國有學生反抗至死；在毛澤東的指爪下，又有學生曾為種種人禍抗議嗎？是有的，只是街上不會有他們的紀念碑，胡杰便是以電影為其人立碑。胡杰的前作《尋找林昭的靈魂》紀念的林昭，是個本來熱愛毛澤東的學生，考入北京大學之後，因在山雨欲來的「大鳴大放」時期，公開支持張元勛的大字報〈是時候了〉，跟北大十分之一學生一樣，被劃為右派，及後更因參與反暴政的地下刊物《星火》而被收監。在獄中，林昭不屈地以血寫成數十萬字的聲明和詩，重申人性與自由之可貴，終而在「文化大革命」中遭處決。

胡杰去年完成的《星火》，正是取名自大饑荒時期學生創辦的那份刊物。電影拍攝耗時六年，重尋《星火》那短暫而光輝的歷史。星星之火沒有燎原，卻燒起官僚的憤怒，收監的收監，處決的處決，胡杰走訪曾參與《星火》的人，後來也找回他們當年寫下的文章，兩相結合，試圖勾勒一代年青人在極大壓迫中的思考與生活。倖存者不少已垂垂老矣，及時紀錄尤其重要。電影在大陸禁播，這次是全球首映，胡杰還來了映後談。

一九五七年「反右運動」後，一批在蘭州大學被劃為右派的師生，被送到甘肅省武山和天水兩縣勞動改造。他們目睹了「大躍進」的荒謬，官僚為政治命令不理村民死活，引發大饑荒。其中數人因此創辦《星火》，記錄農村的貧困，批評人民公社制度，指控新興的利益集團。學生湊錢買油印機，刻蠟版，首期三十多頁，發表了林昭的長詩〈普羅米修斯受難的一日〉，本打算寄給各省市的領導人，希望引發他們互相猜忌。但刊物尚未寄出，學生已因告密而被捕。創辦者張春元被判無期徒刑，其餘撰文者多被判監十年以上。

胡杰的電影從甘肅開始，訪問了村民當年的情況。至於《星火》當年的作者中，給我印象最深的，則是化學系學生向承鑒。他的話裏有種動人的倔強，如他憶述被捕後，斥責幹部的兩句話：「你們是人嗎？你們不配。」向承鑒回憶當年他在《星火》的文章〈目前的形勢及我們的任務〉時，胡杰以畫外音說，後來找到原文，才驚訝於向承鑒記憶之精確。即是說，訪問時，胡杰尚未找到最為關鍵的《星火》影印稿。這既可見在中國要尋回文物多麼困難，也似乎解釋了，電影何以會側重於重現《星火》各篇文章的內容，一心是以電影保留歷史文獻，敘事脈絡間受犧牲也是在所難免。

不了解那段歷史的話，或會覺得這電影不易消化。他不重在交代背景，回溯史事，而意在重現在漆黑裏頭，自由思想之光輝。說話簡潔深沉的胡杰，在映後談說得精準：他想拍的，是中國近代的思想史。看看《星火》那些文章提出的觀念，像農民如何被剝削而成奴隸，官僚體制如何使幹部成了特權階級，會發現不單切中要害，而且一早就有學生提出，雖然不少問題至今仍在。何況大饑荒那段日子，幾乎沒留下相片，遑論影片，今人連以影像紀念和憑弔都不可以，胡杰可援引的資源其實少之又少。

在今日中國，拍攝這類關乎近代史的電影，自是無比困難。電影中有這樣的一幕：胡杰到了北京訪問當年《星火》一位作者，才說了兩句，他家中電話便響起。胡杰在鏡頭後說不要緊，老先生過去接聽。一個剪接，卻影着晚上的北京城樓。胡杰以畫外音說，或許是自己在北京被跟蹤，訪問開始不久，老先生的家人便致電回家，叫他不要受訪。北京的城樓更顯得荒涼，但胡杰自言體諒他人的處境，在映後談，被問及拍攝與放映的困難，他也只是淡然地說，都沒多想這些，那些見證過歷史的人尚在人世，就要以電影去記錄他們。

胡杰這純粹真不容易。想深一層，功不唐捐，歷史之累積就是如此。前事一去無跡，如今只好儘量留些東西給未來。不是胡杰的《尋找林昭的靈魂》和《星火》，我也斷不會知道，五六十年代曾有這樣勇敢明慧的學生，對那段歷史的印象自然大有差別。博群電影節剛剛結束，從選播的電影可看出主辦者的承擔，無負大學的責任。

回頭想，若要拍攝香港歷史，限制還不算多，但我們有幾多具氣魄的導演，會拍一部《尋找林彬的靈魂》？在唐書璇女士一九七四年的《再見中國》之後，四十年間，我們又可數出幾多部在歷史視野上，足與之比肩的香港電影？

《明報》 二〇一四年四月二十日

盲打誤撞，義不容情

波蘭導演奇斯洛夫斯基（Krzysztof Kieślowski）的電影有種迷人力量，舉頭三尺，命運總如幽靈般盤旋。正是認清了命運的大能，他對人的脆弱和悵惘、秘密和夢想才分外敏感，鏡頭下的世界瑰麗又溫暖。早前重看了他的電影，之後碰到些別的評論，覺得可順着思路，將他們放在一起，希望是前呼後應而非東拉西扯，中途連繫到《義不容情》和六四，最後又回到命運的問題。

且從上月讀到安娜的一篇影評說起。文章題為〈反字頭〉，點出了韋家輝創作的優劣，並反對論者拿他的《一個字頭的誕生》跟奇斯洛夫斯基的《盲打誤撞》（*Blind Chance*）比較。他說《一個字頭的誕生》着眼於性格如何影響命運，兩種性格，兩種際遇。但在《盲打誤撞》中，主角的性格卻是定數，於是他能否趕上火車而引發的陰差陽錯，才見偶然的力量。兩部電影的形式或接近，但奇斯洛夫斯基之運用才能提昇內容。文章寫來清晰又有信心。

論境界，韋家輝跟奇斯洛夫斯基自然無法相比，但他對命運的重視卻時而相類。

我認為，更應拿來跟《一個字頭的誕生》參照的奇斯洛夫斯基電影，可能是《兩生花》（*The Double life of Véronique*）。興趣和能力使然，我很少看齊澤克（Slavoj Žižek）的文章，但重看《兩生花》後，讀到他的影評"The Forced Choice of Freedom"，覺得論點新奇有趣。他沒把戲中兩位女子當成另一個自己，而是理解成主角的兩次人生。第一次，她不理心臟病，委身唱歌之志業，死在舞台。第二次，她借鑒了上次的早逝，甫出場即跟音樂老師訣別，甘願背棄天賦，退到小學教音樂。雖遭老師譴責，她還是默默搖頭。這令我想起她離開老師家的一幕：把門慢慢關上，身軀隱入黑暗。如此一來，她便同時在打開生命之門，迎接光明了。這取捨，為二人塑造了不同的性格，齊澤克借用了席勒（Friedrich Schiller）的區分：第一次直接和熱情，是天真（Naïve）；第二次滿是憂傷與自省，故感傷（sentimental）。

文章最妙的，是將故事扣連到奇斯洛夫斯基身上。不也是心臟病和早逝？完成了《紅》後宣佈停拍電影，便在高峰逝世，不也是委身志業，去得合時？回過頭來，在《一個字頭的誕生》裏，主角也有兩段人生。第一段渾渾噩噩，結果在槍戰中慘死。第二段可能從上次學習吧，故一開始已充滿義氣，終而闖出名堂，卻在槍戰中成了殘廢，呆呆滯滯。沒料到所失的，竟已是所有。韋家輝對這所謂成功，似不無嘲諷。

至於奇斯洛夫斯基的《盲打誤撞》，則是着眼於最微小最無聊的偶然，如一枚硬幣在月台上滾動的軌跡，如何一步步影響各種因果關係，主宰着最宏大最重要的人生方向：或成共產黨員，或成反共的天主教徒，或成不理政治的醫生。第三段人生似最安穩，不料乘坐的飛機卻碰巧在空中爆炸。但在宿命論的世界觀，又有所謂偶然嗎？那不過是受制於一時一地，未看清背後更遼闊的景象。

《盲打誤撞》這種宿命論，跟「命裏有時終須有」的層次不同。他着眼的不是妻財子祿等定數，而是試圖展示如政治、宗教、家庭這些最關乎人生意義、最要自己決定的範疇，可能都不在自己把握之中。在身旁流過的人縱使每次相同，但因機遇改變，跟何人何事建立關係，連帶亦受影響。《盲打誤撞》對自以為可主宰一切的人，可算醍醐灌頂。

反過來說，更應拿來跟《盲打誤撞》參照的韋家輝作品，可能是《義不容情》的頭四集。早前一口氣看完五十集，覺得第一集很能為故事定下基調。一開始，漸老的丁有健（黃日華飾）就在大宅把玩着手中的一枚硬幣：不在月台滾動，卻跌進了回憶。小時候一連串的偶然，使媽媽（藍潔瑛）一次一次魂斷絞刑台，完成悲劇的宿命，還影響着他與弟弟丁有康（溫兆倫）的一生。

碰巧過年，但家貧沒錢派利事，媽媽和丁有健只好躲在房中，不敢應門，致使後來她被冤枉殺人，也少了不在場證據。她迫不得已去打荷包，贓物碰巧又屬於一個剛被謀殺的金山阿伯。她的丈夫（也是黃日華）去了賭錢，碰巧連輸多局才反勝，未及時歸家。在種種偶然的堆疊之下，最終錢是賭贏了，但輸了甚麼？是人命。日後丁有健也是不斷賭贏，愈來愈成功了，輸的，同樣是人命。

《義不容情》餘下的四十六集，則偏重性格決定命運，形態頗近《兩生花》，只是絕無奇斯洛夫斯基的優美：丁有健重情但遲疑，丁有康聰明而果斷，一正一反，相互交纏，慢慢變成了一朵惡之花。曾見馮晞乾的一段簡評，精彩道出二人實為一體兩面之鏡象：「兩兄弟一有心一無意，但講客觀結果，其實完全一樣（這某程度上是《莊子》母題）。而被大好人黃日華間接兼無意害死的人，由胡楓開始，一個接一個地死，隨時比連環殺手溫兆倫還要多。」他也點出丁有健一直不明他行為引發的蝴蝶效應，才生出許多災難。想起來，主題曲〈一生何求〉不也一集復一集在昭示他的命運？可惜，迷惘裏永遠看不透，聽不到。

《義不容情》在八九年播映，查資料，時間是在四月三日到六月九日，週一至五晚上七時三十五分。重看《義不容情》戲裏戲外的時代背景，覺得饒富深意。第五集後的背景轉成八十年代，不少香港大事，如八二年的中英談判、八三年的聯繫匯率、至後來大陸資金南下等，都穿插在故事中，影響劇中人。《義不容情》播放那三個月之間，正是中國和香港天翻地覆之際。那年我七歲，大概晚上也跟着家人一起看，但印象還是後來看重播時才留下來。倒記得那時的廣告時段，偶爾有關於天安門的特別新聞報道，家人會因而凝重起來。過了許多年才知道，當時的波蘭也經歷着翻天覆地的變化。

八九年，波蘭人的電視劇集，則是奇斯洛夫斯基的《十誡》（*Decalogue*），用當代景況重新演繹《聖經》的十誡，共分十集。〈第一誡〉即跟命運與偶然適適相關。好端端一個墨水瓶，何以突然破裂，使湛藍的墨水流滿一桌？人算不如天算，故事就用這比喻透現玄機，可惜劇中那父親知道得太遲，聰慧的兒子就在冷冰冰的湖裏溺斃。重讀百老匯電影中心出版的《奇斯洛夫斯基》，見舒琪的一篇〈遇上奇斯洛夫斯基〉，寫的就是〈第一誡〉，動人卻不全因片中故事。

那年五月，他在康城影展看到《十誡》，才知道奇斯洛夫斯基。他說，在戲院看完〈第一誡〉，呆住了，沒等〈第二誡〉開始便離開，在沙灘不住地走，想哭卻又哭不出來。然後，文章就從那間接給父親害死的小孩，牽引到戲外的風雲變色：「我其實是應該為他而哭的，但卻偏偏沒哭。我心裏只是有着一份很沉重的哀愁，直在擠壓着，教我無法不趕忙走出戶外大口大口的呼吸着新鮮的空氣。我知道我想起的其實是在遠方的另一群孩子，和他們底橫蠻的父親。我彷佛嗅到了死亡的氣息，所以不敢哭出來。」那是八九年五月，記憶中家姐專為學運新聞和吾爾開希開了剪貼簿、連小學生都知道李鵬、二十五年前的那五月。

到了六月三日，週六，北京軍隊在深夜殺人。這晚跟接着的週日晚上，電視都無《義不容情》，此後數天便是最後五集大結局。那時的觀眾，究竟懷着怎樣的心情追看？義不容情，故丁有健終於在最後幾集硬起心腸，誘使丁有康到馬來西亞，迫令他承受推趙加敏（邵美琪）落火車，和殺害雲姨（蘇杏璇）等懲罰，重回死囚室，步上宿命一般的絞刑台。但這義畢竟來得太遲，丁有健只好獨自承受惡果。

另一邊廂，八九年六月四日，則是波蘭議會選舉投票日。「團結工聯」（Solidarity）大勝，促使極權倒台。去年看八十八歲的波蘭導演華以達（Andrzej Wajda）的近作 *Walesa. Man of Hope*，焦點便是當時的工會領袖華里沙，在這整場反抗運動中之遭遇。戲中所見，華里沙也沒法預見最終的成敗，中途甚至被民眾唾棄，但義之所在，努力就是。

回到命運的問題。曾讀儒家「義命分立」一說，覺得頗有見地：「命」的力量宏大，人不但難以預料，也無從努力，人在其中總難安頓。區分義命，是為看清「義」的地位：再微小，也必然在我，命不但無從干涉，也正是展現義的背景和場域，愈艱難愈見其光輝。命運在半空盤旋，人唯有踏實做好應做的事：譴責極權，紀念死者，承傳歷史。

《明報》　二〇一四年五月二十五日

神探魔探兩不分

上週與友人說起幼稚園的記憶。一位爸爸是警察的朋友說，那時曾給同學欺負，回家告訴嫲嫲。嫲嫲說，你明天回去，就跟他說：「別再欺負我。我爸爸有槍。」

有槍的人，確要把槍管好；生鏽的有時不止是那把鐵，還有心。近日重看了美國導演奧遜威爾斯（Orson Welles）一九五八年的 *Touch of Evil*，講的正是一個老牌探長的成魔之路。威爾斯富天才，卻多次落難，對世間的詭譎蒼涼，以及人心之黑暗，自然尤其敏感。電影中文譯名是《歷劫佳人》，極壞，因為這易使人以為「好人」華格斯（Vargas）與太太才是戲中主角，輕忽了由威爾斯親身繹演的「壞人」昆蘭（Quinlan）。

這世界有神探自然有魔探，故電影不知可否簡單譯做「魔探」，既能突出昆蘭，也點出對充滿權力慾的人來說，魔鬼夜來探訪，以權勢換良心，總是難以抗拒的誘惑。

簡單說說劇情：高高瘦瘦的華格斯是麥西哥緝毒探員，因跟進一宗炸彈案，過境到美國跟負責此案的昆蘭交手。白白胖胖的昆蘭是老差骨，聲望近乎神探，因他每能以直覺破案。但調查中，華格斯懷疑他只是不斷靠老拍檔文斯（Menzies）捏造罪證，誣陷疑犯，故希望證明他一直所謂的直覺破案，不過是一大堆謊言。

昆蘭自覺受挑戰，亟欲鏟除這動搖自己那完美世界的外來者，於是串通黑幫，陷害華格斯太太。憤怒的華格斯為太太東奔西走，困頓的昆蘭則躲在紅顏知己鄧雅（Tanya）的夜店醉酒。但此時文斯良心發現，欲助華格斯討回公道，背棄昆蘭。最終一場，幾下槍聲，昆蘭殺了文斯，文斯也在垂死間殺死昆蘭。華格斯最終全身而退，與歷劫的太太駕車離去。

電影有兩點頗傳奇。一是開頭追蹤炸彈那個三分二十秒的長鏡頭，二是電影拍成後即給片商重剪和補拍，面目全非，威爾斯於是寫了一封長五十八頁的備忘，請片商遵照他的指示保持電影的藝術性。結尾一句是："I close this memo with a very earnest plea that you consent to this brief visual pattern to which I gave so many long days of work." 但現實總是殘酷的，威爾斯不得要領，影像心血白白浪費，電影終是支離破碎地公映。及至威爾斯死後十三載、電影面世後四十載的一九九八年，才有人依照威爾斯那備忘把電影重剪一遍，我重看的就是這版本。

但我想談的不是這兩點，而是英國影評人活特（Robin Wood）的一篇文章，名為"Welles, Shakespeare and Webster"，出自其《私見》（*Personal Views*）一書。活特的文章透徹深刻，中段花心思分析《魔探》的剪接技巧，但我覺得他闡釋電影道德觀的段落尤其精到。

活特先推測威爾斯拍《魔探》時參照的對象。電影雖由小說 *Badge of Evil* 改編而成，但他謂戲中最明顯的楷模應是莎士比亞。威爾斯由劇場出身，熟讀莎劇，一九四三年即曾改編《馬克白》成電影。《魔探》有《馬克白》的痕跡，同關乎邪惡力量，主角同樣迷戀權力，渴望做神，卻不知不覺為其腐化，充滿悲劇感。此外還有康拉德（Joseph Conrad）的《黑暗之心》（*Heart of Darkness*）。威爾斯曾想改編這部經典小說，還打算親身繹演成魔的古斯（Kurtz），但終沒成事。在《魔探》中，年輕幹探欲捉拿老魔探這點，便有《黑暗之心》的影子。活特謂，跟小說一樣，華格斯真正成為人的一刻，正在於發現自己也可變成昆蘭，一不小心就會墮落到慾望的深淵。

活特把華格斯的性格扣連到電影主題："It is essential to the film's moral subversiveness that Vargas's moral rectitude have about it something rigid and priggish." 華格斯就算不如他形容般耿直得嚴苛和傲慢，也最少是不近人情吧。觀眾目睹他太太受

害時，他就在專注查案，連在電話裏把話說得明白的工夫也沒花。引文的重點是"moral subversiveness"，顛覆道德，故站在「正義」一方的華格斯夫婦始終不討好。相反，站在「邪惡」一方正沉淪的昆蘭，以及如夢如幻的鄧雅，卻更富魅力。相比華格斯的冒失，昆蘭有情有義，最終卻被老拍檔文斯背叛。事後也證實，昆蘭最初靠「直覺」鎖定的炸彈案疑犯，果然就是元兇。

如此一來，昆蘭雖是魔探，不也有點可憐嗎？活特認為威爾斯這處理，多少有其自我投射，因威爾斯正跟昆蘭一樣，無法活在制度之內，更重視個人情感，故更渴望觀眾同情昆蘭。

由此引申開去，昆蘭那些原先以為純屬藉口的「直覺」，莫非全是真的？回應電影名稱，又真就是邪惡嗎，抑或昆蘭只是急欲以一己之力清除罪惡，才不得不出栽贓嫁禍的下策？莫非，最初把電影譯做《歷劫佳人》的仁兄，心中的佳人，不是華格斯夫婦，而是昆蘭與跟他患難見真情的鄧雅？

藝術家愛挑戰常規，威爾斯的電影也不少這道德上的曖昧，但這就一定好嗎？我覺得活特在文章末段下了一個誠實的判斷，因他雖讚揚威爾斯的雄才，卻沒遮掩看戲後感到的一點不安，由是引出文章題目的第三人 Webster。韋伯斯特是莎士比亞同代人，他的劇作我都沒讀過，只聽說寫得黑暗和病態。拿威爾斯跟韋伯斯特會更適合嗎？對邪惡的關注又會變成迷戀，再轉化成歌頌嗎？活特如此總結全文：“the profound moral and metaphysical unease it communicates resists any such simple definition. But the disturbance it leaves behind in the mind is not entirely free of distaste.” 一再強調 disturbance 和 distaste，都不好受。這比盲目鼓吹藝術就應顛覆常規的說法，平實得多。

渴望做神，希望建立整全世界的看來不止昆蘭，也包括演昆蘭的威爾斯，演大國民的威爾斯，本來想演《黑暗之心》那古斯的威爾斯。慾望如此巨大，人性自易扭曲，繼而走火入魔，印證「權力使人腐化」的道理。抑或是，所謂好好先生，不過是未遇到做壞事的考驗，而權力正易讓潛藏的人性彰顯出來？想深一層，「迷人」和「魅力」等詞，本身就有其陰暗聯繫，有人終生無視他，安枕無憂；有人卻如威爾斯，拍一部又一部的電影與之交纏，再在現實世界承受挫敗，由電影裏的神或魔，變回生活裏的區區凡人。

《明報》　二〇一四年十月二十六日

瞬間看地球

【一】

戰國時代，重實用的墨子學派曾研究光影和力學，可惜其書後來少受重視，落得殘缺不全的命運。至晚清，學者孫詒讓落力校注《墨子》，終成《墨子閒詁》一書。俞樾為其作序，末處說：「近世西學中光學、重學，或言皆出於墨子，然則其備梯、備突、備穴諸法，或即泰西機器之權輿乎？嗟乎！今天下一大戰國也，以孟子反本一言為主，而以墨子之書輔之，儻足以安內而攘外乎。勿謂仲容之為此書，窮年兀兀，徒敝精神於無用也。光緒二十一年夏」。

權輿即起始，西方機器都起源於墨子之說嗎？看年份，光緒二十一年是一八九五，中國於甲午戰爭敗於日本，同年四月簽訂了馬關條約。俞樾在夏天寫序，由墨子之科學精神，不期然想到眼前時局：在墨子的戰國之後，天下又成戰國了。

【二】

西學中的光學，同年在法國果然得到發展。姓氏 Lumière 在法文碰巧指「光」的盧米埃兄弟，是年十二月二十八日，於巴黎卡普辛大街十四號的「大咖啡館」地下室，舉行了史上首次收費的電影放映。不少巴黎名流都是座上客，包括魔術師梅里耶（Georges Méliès）。

放映結束後，入迷的梅里耶即欲向盧氏購買儀器，可惜無功而還。梅里耶輾轉在英國購得攝影機，開展其電影研究，自己建攝影棚，成為早期電影的先驅，譬如在一九〇二年就拍出了太空船撞上月亮右眼的《月球之旅》。馬田史高西斯在《雨果巴黎的奇幻歷險》對梅里耶這段歷史有溫婉的描述，可謂繼一九二九年那班不忍他隱沒人世而創立「梅里耶愛好者協會」的年輕人後，再次把梅里耶從記憶的漆黑中，用光，將他放到世人眼前。

【三】

「梅里耶愛好者協會」成立的一九二九年，幾經默片的嘗試與歷練，電影面目大變。在法國，時年廿四的尚維果（Jean Vigo）還遇上了攝影師卡夫文（Boris Kaufman），運用他在世上的最後五年，拍出四部作品。

是的，四部作品，而且只有最後一部是長片，二十九歲就死了。但在 *Andrei Tarkovsky: Interviews* 一書，塔可夫斯基談及自己喜歡的導演時卻說："And of course Vigo, because he is the father of contemporary French cinema. It is even irritating to see to what extent he is plundered; however, up to now they haven't yet been able to steal all his possessions."可謂取之無禁，用之不竭，明明白白給你偷你也偷不完。

尚維果與卡夫文這組合，一九三〇年拍攝尼斯的紀錄片《關於尼斯》，似把天地玩弄於股掌間，卻又不無批判。一九三一年拍游泳健將的《達里斯》既拍出了水流和水珠的靈動，也拍出了人在水中漫無目的地打轉之自由。一九三三年的《操行零分》講的是學校裏的野孩子，但他們在羽毛飄落中離場的慢鏡頭又盡見其神聖一面。

然後就是尚維果唯一的長片《阿特蘭大號》。那是一九三四年，拍攝時尚維果已患肺癆，但看電影時卻只覺精力無限，驚訝於曾有人把電影想像得這樣寬廣，好像終於找到一個大容器，放得下所有渴望和夢想：愛情故事，新世界的吸引，對社會實況的批判，在船上如同逆流踱步的詩意，性愛，美好的光影與構圖，對多餘物件、怪人、混亂胡鬧的鍾情。

中間有這個鏡頭：有人用手指在黑膠碟面直接擦出音樂，擦時響，不擦時停，很超現實。鏡頭一拉遠，原來是旁人隨他的動靜拉手風琴，靈巧地用戲內的現實，跟戲外的觀眾開玩笑。要總括的話，那都是對一己藝術視野的信任。最後一鏡，尚維果叫卡夫文乘飛機俯瞰拍攝大船遠去。不久之後，尚維果也遠去了，如大船一樣回歸自然。

【四】

話分兩頭，除在法國，電影的光也在遼闊的俄國愈走愈遠。在一八九五年巴黎放映電影後一年，盧米埃兄弟也帶同放映機到了莫斯科放映。他們的攝影師更拍攝了沙皇尼古拉斯二世（Nicholas II）在克里姆林宮加冕，成為俄國最早的電影。

電影於俄國迅速發展，俄國勢力卻步步衰落，一九〇五年既有革命發生，波特金戰艦叛變；同年九月也終在發生於中國的日俄戰爭不敵日本。日本殺了一個替俄國做偵探的中國人，砍頭的場面給人拍下來，製成幻燈片，傳到正在日本仙台學醫的魯迅眼前。身在異鄉的魯迅看見旁觀斬首的中國人體格強壯而神情麻木，才決定從醫學轉投文藝。

李歐梵教授在《鐵屋中的吶喊》曾懷疑這幻燈片可能是魯迅虛構，藉以轉移讀醫不成之挫敗感。但令我印象更深的，卻是他說魯迅從小就對美術感興趣，連畫解剖圖時，也曾刻意畫錯一根血管：「為的是好看些。」

中國和俄國相繼有革命。辛亥革命後，中國的新青年努力改革文學；十月革命後，蘇聯則有電影導演與理論家紛紛湧現。一九一九年首家電影學院 VGIK 成立了。一九二五年愛森斯坦（Sergei Eisenstein）活用剪接法拍出《波特金戰艦》。一九二九年維托夫（Dziga Vertov）拍出了紀錄片經典《持攝影機的人》。

【五】

這位維托夫，正是卡夫文的兄長。單是這對生在波蘭的兄弟為何會不同姓，又在不同地方有不同遭遇，已可拍成另一部電影。

維托夫本名David Abelevich Kaufman，十月革命後不久把名字David俄羅斯化而成Denis，後再以Dziga Vertov為化名，長大後留在蘇聯，寫作，做編輯，也拍過些政治宣傳片，一九二九年用攝影機和剪接思考和重組現實，拍出自由瑰麗的《持攝影機的人》。一九三四年，史達林治下的文宣部門把「社會主義寫實主義」（Socialist Realism）訂為國家藝術方向，形式與內容與此不符，一律禁止。維托夫不得不收斂那種個人色彩強烈的創作，自由受限，終成為新聞片編輯，並在一九五四年因癌病離世。

弟弟卡夫文則到了法國升學和發展。兄長拍出《持攝影機的人》的一九二九年，他在巴黎則遇上了小他八歲的尚維果，成了幫他持攝影機的人。二戰時，卡夫文加入法國軍隊對抗希特拉，後來逃到加拿大，再到美國。一九五四年，也正是維托夫過身那年，他為在麥加錫壓力下懷疑出賣同行的伊歷卡山（Elia Kazan），擔任《碼頭風雲》之攝影師，贏得了獎項和聲望，可算在荷里活打響名堂。

【六】

或許，一九三四年，不止尚維果死了，維托夫也正步向死亡。尚維果二十九歲拍完最後的電影便死了。塔可夫斯基二十九歲開拍首部長片。

塔可夫斯基是誰？是當記者問他覺得人類苦痛由何而來時，會這樣回答的人："In the fact that man is consumed by material things"。二十歲那年，他到西伯利亞做了一年多地質研究。同年，史達林去世，赫魯曉夫上台，蘇聯曾有一段解凍時期，一年後考進電影學院 VGIK 的塔可夫斯基，後來才可看到和改編美國作家海明威的故事。一九六一年他二十九歲，剛畢業，便為電影公司 Mosfilm 收拾殘局，重拍《伊凡的童年》，使人眼前一亮。

一九六六年，中國開始了十年「文化大革命」，塔可夫斯基則在文化傳統裏找到楷模，拍出了《魯布列夫》，講述這位中世紀俄國畫家在黑暗歲月的經歷。那是我看過關於藝術家最動人的電影，不是傳記，是對理想藝術家的投射，用塔可夫斯基的話來說："He doesn't express the unbearable weight of his life, of the world around him. He looks for the grain of hope, of love, of faith among the people of his time." 我覺得這個

"He"，也大可看成是"I"。

塔可夫斯基身處的世界同樣不是一片光明。《魯布列夫》過不了政府審查，到第三次被要求刪剪時，他拒絕了。結果，電影遭禁五年，後來康城影展邀請《魯布列夫》參展，蘇聯當局雖答應，也只許電影在非人的深夜四時上映一場，觀眾卻竟然大不乏人。

【七】

光學而外，西方在力學上也有長足發展。五六十年代，美國跟蘇聯的政治角力已從地面拓展到太空。一九五七年，蘇聯發射了首枚人造衛星 Sputnik 1 先下一城。一九六九年，美國則以 Apollo 11 載人登月，沒發現給梅里耶的太空船撞凹的巨洞，卻總算贏回一仗。

後來有人質疑美國登月是假的，《2001太空漫遊》的導演寇比力克（Stanley Kubrick）或曾幫手製造偽證，此所以《閃靈》那小孩不單胸有「阿波羅 11」，踏單車時遇見的怪房間，偏偏就是二三七號房——地球跟月亮的距離，就是 237,000 公里。若真有其事，寇比力克這不可告人的夢魘，肯定比“Redrum”恐怖。

但也正是《2001 太空漫遊》，首次讓人在銀幕上如此像真地從太空瞬間看地球，藍色的球體配藍色多瑙河。電影上映那年，塔可夫斯基電影仍然遭禁，卻已着手改編波蘭作家藍姆（Stanistaw Lem）的科幻小說《星球梭那里斯》（*Solaris*）。

【八】

一九六八年，法國文化部在二月為法國電影資料館任命了新館長，辭退了舊人朗格盧瓦（Henri Langlois），引起了軒然大波。朗格盧瓦是法國電影資料館創辦人，三十年代起努力保存和引介電影，梅里耶過身時他也曾為之籌殮葬費，故在法國電影圈頗具名望。得知消息後，一眾導演、演員、作家既聯署反對，也到館前抗議，與警察衝突，高達在混亂中被打丟了眼鏡，貝托魯奇的《戲夢巴黎》就以此開場。

也是一九六八年，《2001 太空漫遊》公映，費尼里看後忍不住發電報給寇比力克表示欣賞，塔可夫斯基後來看了，評語卻是「假」。我不肯定這評語有否受美蘇局勢影響，但論電影美學，《2001 太空漫遊》實遠勝《星球梭那里斯》。取徑雖不同，但寇比力克拍出的虛靜孤寂，卻很真實。論深度，兩電影可謂各有千秋，而《星球梭那里斯》中史諾博士的一段獨白，或可借來歸納這兩部太空電影："I must tell you that we really have no desire to conquer any cosmos. We want to extend the Earth up to its borders. We don't know what to do with other worlds. We don't need other worlds. We need a mirror. We struggle to make contact, but we'll never achieve it. We are in a ridiculous predicament of man pursuing a goal that he fears and that he really does not need. Man needs man!"

梭那里斯星球，跟巨大石碑一樣詭秘，回應人的方法，是依據你的傷痛，為你複製出回憶中的人。理應是最奇異最遙遠的星球，竟成了最富人類回憶也最親密的地方。對照戲中主角跟父親永別，臨離開地球前把舊物一一燒掉，尤具反諷意味；與《2001 太空漫遊》中，人類說話都冷冰冰，唯電腦 HAL 聲線溫柔善解人意，也可謂遙相呼應。目的地似是外太空，但這兩部電影的歸宿，何嘗不是人心深處？

【九】

二〇一五年來了，中國乘着電影發展這一百二十年，也由弱國變成了盛世中的強國，同時也不知殘害了多少性靈，如何損毀了這唯一的地球。但中國近幾十年的電影，卻總如在真空狀態，但願有藝術家能如塔可夫斯基一般説："Art should be there to remind man that he is a spiritual being, that he is part of an infinitely larger spirit to which he will return in the end."

《明報》 二〇一四年十二月二十八日

瞬間看浪潮

【一】

這三年我有份參與「鮮浪潮」短片比賽的複選評審，感覺是公開組的水準以今年最高。今月舉行的「香港獨立電影節」，選了其中數部作品於灣仔ACO書店放映，上週日還請幾位導演就「獨立新浪能否推前浪」為題討論。

看今年這幾部影片，直覺是刻劃現實的意圖和能力都強了，較少由概念出發，有瑕疵自不能免，但最少老實，不倚仗小聰明。這是好趨勢，何況「真實」本身就往往動人。說故事，除了為總被遺忘的人代言，我想另一重意義，是人常常需要故事來理解自我，甚至借之解決人生意義的問題。多數故事都強調時間與目的，角色如何安放過去拓展未來，回應那特定處境，有時會對觀眾有提示作用：或許，你也可在主流故事以外，找到更適合的故事框架來安放自身；一旦對幸福生活有別的想像，便更易把自己解脱出來。

「獨立電影」的獨立二字，就應有這種拓展框架的視野。今日這股電影後浪，又有甚麼前浪可參照嗎？我想起七八十年代的香港新浪潮，早前跟幾位朋友回顧了那時一些電視作品，長了見識，對今日的創作者或有啟發。

【二】

獨立電影節選播的其中三部「鮮浪潮」作品，跟現實關係尤大。

第一部是林森的《仇》，講一個上水青年的困境，父親做小販被驅趕，自己在茶餐廳工作又遇問題，終而斬傷奚落他的老闆。片頭他在巴士窗邊的外望，原來是在囚車上的最後時光。導演追蹤了一段「仇」的來龍去脈，關注小人物，有意拍出社區面貌。但那青年人的描寫略單薄，最終斬人也就欠了說服力，茶餐廳老闆的一些反應也不好理解，故整體不及他前作《綠洲》富生活感。故事拍來也太絕望，為觀眾留下太少出路。不是便宜勵志或天降福星，而是在灰暗裏看到一線光的慧眼——除非立意做漢尼卡，但那又是另一回事了。

黃飛鵬的《寂靜無光的地方》是部富關懷和野心的影片，故事、聲畫、演出都出色，講一位自閉和讀寫障礙的男孩在學校的遭遇，以及他媽媽和老師的處境。導演努力立體地呈現劇中人物，所以那位照顧男孩的老師，晚上也是要去上課的學生，本身也是在學校制度裏被壓迫的人，故一方面呈現出其愛莫能助，另方面也帶出了制度之中，人與人那隱隱的互相依存甚或層層利用。但片中的諷刺是敗筆，尤其是片首片尾，那校長在鏡頭前吹噓學校如何實踐共融理念，都嫌太露太工整，削弱了真實感，也不必要地突出了導演的判斷。

黃瑋納的《他們的海》是我最喜歡的一部，專注、真誠而偶有詩意。故事講一對中年夫婦的關係。男的是水上人，喜歡駕船出海釣魚，並無正職；女的在魚蛋工場上班，不時埋怨丈夫不為生活打算。二人偶有冷戰，話不多，就只相對無言吃晚飯。導演對人的觀察細微，譬如男人出海「下魚」的片段，一次太陽猛，一次黑漆漆，但相同的是，有魚上釣的一刻，他都有種由衷的快樂，然後觀眾自會明白，當太太問他究竟想怎樣時，他為何會動氣反問：幫老闆揸遊艇有甚麼好？他後來果然去了幫人揸遊艇，只是並不自在。在朝九晚五的陸地，他大概是個沒出色的無業漢；但在更廣闊的海洋，他卻自有專長和天地。看到他回家後把釣到的魚劏好、切薑絲用小瓦煲放爐上焗、焗好出煙的幾個近鏡，就只覺得，那一定非常好吃。

拍太太在工場的一幕也好看。煮熟了的白魚蛋放在大風扇前吹涼，女工邊站着聊天邊將魚蛋逐粒拿起，用剪刀削去三尖八角，淡白的魚蛋碎屑飄落一地。容或是我過分閱讀，但無人釣魚就無魚蛋，到要拿去賣了，還要一一削去棱角，千人一面，不也暗暗回應那丈夫的狀況嗎？

【三】

有兩部有趣的「鮮浪潮」作品則跟現實若即若離。一部是葉文希的《飲食法西斯》，借一對廚房師徒側寫今日香港。以政治隱喻為題的影片，問題往往是故事殘缺，隱喻不隱，觀眾就少了自行聯想的趣味，結果只是借貌似不同的方法，安全地諷刺以換掌聲。《飲食法西斯》一早就避開了這嫌疑，專心建立一個虛構世界，處處又回應現實：階級和族群矛盾嚴重，弱肉強食，人人都是虎口餘生。雖然我還是嫌對白說得太白，也太多，但感覺是既富心思，又能精細地執行出來，是個玩得認真的遊戲。

另一部是馬智恆的《瑪連茱的凝視》，講一個藝術館保安員，日間守護藝術品，晚上看報讀小說。上司苛責他每次在紀錄簿只寫「巡更正常」太敷衍，無可奈何，他唯有把報告寫長些，如紀錄館旁一棵老樹倒塌時，後加「狀甚哀傷」；紀錄愈寫愈長，儼然成了小說創作。

或因曾任職藝術館保安的程展緯是編劇之一，所以故事雖奇，但拍攝當更的日常程序仍具實感。我覺得這片想法新鮮，中間又不斷跟當代藝術開玩笑，很能自得其樂。可惜末段面部特寫的轉折，不論在電影語言或故事發展上都不配合，似借保安員的口講出導演想說的話，減低了先前步步累積的荒謬感，也犧牲保安員那不知是巡更紀實抑或小說創作的疑幻疑真，回到了浮泛的藝術問題。如能在短小篇幅內，把怪念頭推到極致，效果或更理想。

【四】

四十年前的香港新浪潮，跟當時的社會現實又有何關係？這是大題目，我只能分享一點觀影經驗。

不妨先借羅卡先生的〈香港新浪潮：在對抗性文化中進行革新〉簡述背景。六七暴動後數年，七十年代初分別有保釣及中文運動等大事，但主流電影不為所動，大片廠如邵氏只繼續生產武俠和喜鬧等類型片。但社會形勢嶄新，一面是反殖氣氛，一面又受西方文化和教育影響，年青人受到的刺激可想而知，新的電影會、出版物和實驗電影相繼出現。

七十年代初，香港電台用菲林拍攝《獅子山下》系列，培養出如方育平、林德祿、單慧珠等人。後來，無綫推出了《群星譜》等三系列，成立「菲林組」，聚集了譚家明、陳韻文、許鞍華、余允抗、嚴浩、舒琪等人，雖然經費緊絀，卻給新人嘗試的機會。另一邊的麗的電視則有麥當雄和蕭若元。佳藝電視在一九七八年從無綫大批挖角，惜一年內倒閉，電視人才流入影圈，促成多部別於主流的新浪潮電影：「最低限度，這些運用西方電影技術拍成的影片給人感受到現代的香港；一種主流類型片所欠缺的感性。」

但電影圈的運作跟電視台不同，商業壓力大，創作自由收窄，這批電影結果是否真有美學突破或顛覆的野心，一度引起爭論，例如羅卡先生引錄廖永亮說：「所以『新浪潮』是出現在電視，而不在電影。」

【五】

我和朋友重溫的包括無綫《群星譜》、《七女性》、《CID》、《年青人》等系列部分作品，後來我又補看了些《獅子山下》，驚嘆於當時電視節目內容之豐富，常好奇觀眾看後有何反應。就算不如譚家明的《七女性》般新穎和挑釁，像方育平樸實地描寫窮人生活的《元洲仔之歌》，中間講那丈夫回家後性慾萌動，使開小孩，把正抹地的妻子按在地上洩慾的幾個鏡頭，就拍得真實而哀怨，不知多久沒出現在電視中——雖然今日電視女星要表達演技，多需像真地演一場強姦戲。想來就覺悲哀。

譚家明立意破格，影像觸覺強，《七女性：苗金鳳》的開場可見一斑，但間歇會有空洞的毛病。不過，當他遇到好故事好演員時卻總是神彩飛揚，《七女性：汪明荃》和《小人物：阿唇的故事》都是範例。〈阿唇的故事〉由劇務譚新源的經歷改編而成，可算是一個失敗者的成長故事，小時被欺負，大了還是被欺負。年輕時曾遇上心儀女子，跟她回家溫習時春心蕩漾，卻在親熱中停下，站起來拉開窗簾。那場戲只數分鐘，沒幾句對白，卻把陳玉蓮拍得又美又性感，也刻劃出譚新源的羞澀與悵惘。後來他枯坐單車場一旁，看情侶繞着踏單車的寂寥，以及最後一幕把頭剃光在鏡頭前剖白，都充滿力量。

只從第三身的角度看世界，八成人可能都要算失敗者。但代入第一身的觀點自會發現，人的血性與夢想總如此寶貴，世界也不一定要這樣殘酷。我們的故事通常教人如何成功，少讓失敗者做主角，跟他共同面對挫敗和有限。但「小人物」不正時刻面對這些生活現實嗎？

【六】

這令我想起余允抗的《年青人：這個暑假》。本來只知他拍過《山狗》和《凶榜》，不知他有這細膩的一面，何康喬的劇本應記一功。故事講一個考完大學入學試的男子，到工廠當暑假工時，跟一年輕女工相戀，但因背景和學歷差距，漸見疏隔。女子放工後嘗試上夜學，但階級總不是說跨越就能跨越。我喜歡故事的細節，如她跟男子去聽她根本不懂欣賞的古典音樂會時，只留意指揮家，全只因那人雖是女子，卻可控制着一群男人。

另一場的觀察也敏銳：女子跟好友走到家外的沖涼房，各佔一格浴室，把番梘放在相隔的矮牆上，便邊俯身倒水洗澡，邊隔牆說起各自的將來。友人說將搬走了，嫁人後，就可擁有自己的沖涼房和廚房。拍來淡淡然，卻呈現出這些少女對前路的彷徨，選擇有限，往往也不由自主，使我想起史學家許倬雲的話：「悲憫並不是你比人家高，悲憫是我們跟任何人一樣，有無可奈何之處。」

【七】

除了余允抗，嚴浩也使我驚喜。《年青人：藝術人生》始以保釣遊行的紀錄片，卻經風格化處理。鏡頭一轉便是幾年之後，年輕的鄧小宇徘徊在哲古華拉海報前朗讀人生宣言，但不久後傭人即進門遞來零用錢，原來他是剛從外國回港、遊手好閒的富家子弟，想跟同伴辦份藝術雜誌，卻奢談理想不諳世事，生活也蒼白虛空。這幾分鐘的開場由激昂轉至滑稽，處理得輕省幽默。

〈藝術人生〉播出後曾受批評，嚴浩同年再拍《年青人：一九七七》回應，同樣關乎政治和社會氣氛，卻比〈藝術人生〉圓熟得多。事過境遷，一度投身保釣的人入了政府做官，曾富理想辦雜誌的已庸庸碌碌，硬骨頭少之又少。反觀新一代學生則朝氣勃勃，到安置區探訪，幫居民爭取建立託兒所。片中有段區內的真實訪問，中途保留聲帶，畫面跳開，觀察區內街上一眾小孩的生活模態，讓畫面自己說話，借以回應社會現象。

拍攝政治題目，易把訊息放得太大而淪為善意的政治宣傳，或反過來冷嘲理想。

〈一九七七〉介入政治運動及社會問題的高明處，是能公平看待各人之處境，避開非黑即白的判斷，呈現出人性的曖昧紛繁：做了官那仁兄雖不是同情對象，但末段他在試片室看保釣紀錄片時之痛哭，亦自有其迷惘與愧疚。那學生雖然盡心盡力，卻多少被亢奮牽着走，也不真正了解居民。題外話，演那學生的是高志森，今日看來，又多了一層始料不及的反諷意味；戲內戲外，時間都是主角。

【八】

將近四十年過去了，今日的社會政治環境看來比當時嚴峻，是這壓迫的氣氛促使年青導演更着重回應現實嗎？反過來說，懶於觀察和思考就難捕捉現實，故事再多也只是千篇一律，無法真正關懷小人物，更無助拓展人生。請有志者繼續努力。

《明報》　二〇一五年一月十八日

地方和人

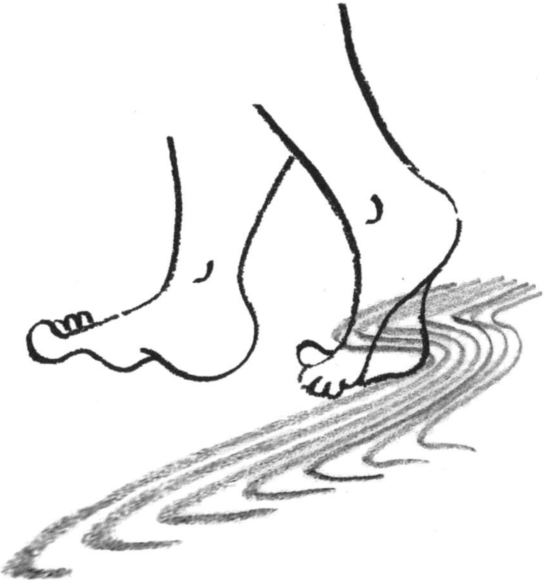

烏普薩拉

【教堂】

位在瑞典東南的烏普薩拉（Uppsala），有一座大教堂，中央地上有一石刻：

"Immortalem Atlantica Mortalem Hic Cippus Testatur."

拉丁文寫的是：「此石見證朽而不朽的阿特蘭堤斯。」幾行不起眼的刻字，果然早給日子磨得圓潤；瑞典人曾以為國土就是阿特蘭堤斯的想法，倒很新鮮。二〇〇三年去瑞典讀書，在八月為交流生而設的導賞團，就已聽胖胖的導遊講解過這塊石刻。但那時英文不好，細節總是跟不上。要到一年後臨離開烏普薩拉前兩天，才最後一次走進教堂，把刻字抄在日記。

教堂最初是一點光，遠遠就在機場往宿舍的巴士途上看見。烏普薩拉地勢平坦，教堂又是城中最高的建築，外來者一眼就能辨知城市的中心，由是也可推斷，千山萬水之後，終於都到了。八月的陽光平均而放肆地灑在地上，教堂尖頂的銅皮反光，恍如插在蛋糕上修長的蠟燭剛剛點火，雖然細小，卻有儀式一般的重量。

跟導遊走出教堂，也去了烏普薩拉不同名勝。一次，兩個同學聽講時走到樹蔭，導遊便打趣說："You will regret it in November"。到了十一月，教堂已從原初的興奮，變成了生活的一部分，譬如是我在下課之後、上班之前的歇息取暖之處。

【何希】

八月到埗，先用一個月上瑞典文班。瑞典文與德文接近，一撮德國同學有時未待老師講解經已曉得。班上近半的美國同學，則會用很美國的方法學習，譬如把瑞典文字母 ö，稱做"Mickey Mouse"，因像有圓臉和雙耳。瑞典文固然不易，但有時不懂的其實是老師和同學的英文。快問快答，跟不上也不敢問。但慢慢卻發現，聽不懂的除了自己，還有一個西班牙人。他的英文比我更差。

他的名字是Jorge，頭髮捲曲，眼神誠懇，鼻音濃重，會為很小的事情笑很久很久。我因發不到西班牙文那震動舌頭的 R 音，初時沒法讀準他的名字中間的轉折。他一遍遍愈來愈慢地重複，我一遍遍愈來愈慢地讀錯。但正是他這堅持，使我慢慢也轉用中文名介紹自己，要別人發準廣東話讀音。

瑞典文課是愈來愈無望了。我和他一天比一天鬆懈，也覺得既然有一年時間，要學的話總有其他方法學懂。最後一週，更是與他坐在最後一排，他教我讀西班牙足球員的名字，我則把他的名字譯成「何希」寫下送給他，教他玩「天下太平」。他都喜歡。

他讀生物，所以九月以後不曾一起上課。但因為大家一樣清貧，一樣想賺錢去旅行，就常在酒吧工作時相見。十一月後，無事可做的寒夜愈來愈多，他就常為我煮飯，或用他的電腦一起看 *Simpsons* 學英文，或在窗邊看着蕭颯的天色，聽他用口音很重的英文安慰地說：“In this kind of weather, I feel especially good at home”。宿舍已悄悄有了家的地位，變成家鄉以外的另一個家。有時候，我們也會站在他牆上一大幅世界地圖前手比指劃，於寒冬盼望春日，在四壁之內設計四散的旅行路線。當時固然不會知道，有些狂想最後竟成事實，例如在夏天，一起走到挪威那天涯海角一般的 Lofoten。但那也是我們最後一次能夠說旅程之後，會「回烏普薩拉」了。此後，「回烏普薩拉」就不再是路線的考量，而是情感的寄託。十年了，再次踏足瑞典的話，總是回，不是去。

【啤酒】

米奇老鼠ö時常出沒，因為瑞典人實在喜歡啤酒：Öl。十月開始，我用在餐廳和酒吧工作的時間大約是上學的六倍。我選讀的傳媒課極空閒，一星期只有三個朝早上課，加起來不過五小時，其他時間多是自己看書和討論。工作就忙碌得多。

烏普薩拉的學生會規模龐大，依瑞典的地域劃分，共有十三個，稱為Nation，都有各自的建築物，有些建成於十九世紀，積木一般精緻，內有風格和面積不一的餐廳和酒吧，有的更有自己的球會、圖書館甚至墓地。瑞典學生有的依籍貫加入，交流生則隨喜好選擇。

我加入的Varmland Nation，就在教堂旁邊。最初負責洗碗洗杯，後來做過廚房、侍應和酒吧。Öl是啤酒的正稱，但在酒吧則多叫"Stor Stark"，直譯的話，前者是「大」，後者是「強」，一杯半升。為使酒量強大的國民飲酒沒那麼方便，瑞典政府規定酒精只能在名為Systembolaget的指定地點出售。其他如超級市場等，只能賣低濃度的啤酒，同學笑言，飲到膀胱出事還未醉。於是週末的酒吧，就成了盡興之所。五時上班預備，一起吃飯，七時開門，一時關門。把所有杯碟收拾洗好，所有桌椅疊起打掃，再全層撞熱水洗地，約在二時完工。然後所有工作了一夜的人，又在大廳一起吃飯談天，有時三四時才離開。也有不知何故氣氛不大好的日子，大家匆匆吃完就各散東西。

最冷的時候下班就慘了。戶外是零下二十幾度，我的單車鎖是二手便宜貨，間歇給冰封，便須一直站着用手磨擦、用口吹風，深夜呆呆地在風中等待，感受存在的荒謬。再踏半小時單車回家，地面因積雪而滑溜，卻偶有明淨的星空把你牢牢停下。洗澡就寢已是五時，因為太累，醒來通常是同日下午三時，太陽經已落下，吃點東西，又去上班。冬天曾有那麼一段日子，上班上得頻密，碰巧天氣又差，十多天沒見過太陽，心情鬱悶，也更明白為何北歐的自殺率一到冬天就飆升，為何宜家傢俬的貨品色彩如此鮮艷，為何瑞典會有英瑪褒曼了。

【森林】

我是離開瑞典幾年之後才接觸藝術電影的。事後固然覺得浪費，因為烏普薩拉正是褒曼出生之地，看他晚年特意返回取景的《芬尼與亞歷山大》，單是喪禮一場教堂的一鏡，便引發了我不成比例的感動。

在烏普薩拉看過最深刻的一部戲，則是 Valborg 後一晚的偶遇。Valborg 是瑞典重要節慶，在四月最後一天。原來真有大地回春這件事，又原來烏普薩拉真有那麼多人，都像驚蟄一樣，湧到圖書館前的草坡，或歡呼，或野餐，或肆無忌憚地從早上開始爛醉。按照傳統，瑞典人手持像海軍那種白帽子，新生的帽子雪白，頭髮雪白的帽子霉黃，幾代人，等待圖書館露台的演說結束，一起揮動帽子告別寒冬。只有經歷過北歐的冬天，才會明白瑞典人為何如此敬重太陽。春天一到，只要有陽光的地方就有人，都如待在岸上的海豹一般，心無旁騖地躺着曝曬。

Valborg 玩了一整天，翌日下午，又決定與何希及德國女子 Frauke 和美國女子 Kristen，一起提早吃晚飯，然後帶同睡袋，踏單車進近郊的森林過夜。何希說，那麼高興，不如邊吃飯邊看電影，還興奮地說，有一部電影的情調極之適合。煮好飯，圍住電腦。一看，竟然是《德州電鋸殺人狂》！情節都忘了，我卻深深記得，我們笑了二十秒才能吃飯。

但對比起電影，森林實在是平和而充滿生機。我們一直向南走，到了大湖 Mälaren 的北端，理論上可從那裏游到首都斯德哥爾摩。因為沒帶帳篷，我們便在湖邊的觀鳥台底下過夜。對岸是綿密的樹林，有雀鳥棲居，但入夜後都安靜下來，偶然才看見幾片飛翔的黑影。幾個人拾了些柴枝在路旁生火，拿出水果，圍着談天。火總是耐看的，不覺把面烘得灼熱，就離開走走，偶見草上有東西走過，不是殺人狂，而是一隻野兔，停停跑跑，夜裏只餘下一雙發光的眼。難忘一個男子踏單車在深夜經過，停了在火堆旁，用瑞典文說了簡單一句：「很美啊。」

【阿特蘭堤斯】

那美麗的火堆是十年前生的，也熄了十年。在湖邊因微冷而睡得不穩的一覺，則給四時半的日出吵醒；朦朧中，對岸的樹林彷彿整個在拍翼呼叫，渴望離地遠去。巧合地與Kristen同時起來，就一起站在岸邊看鳥，看日出，看湖上淡紅的倒映，感受陽光的溫暖。她今次說的是英文：It's so beautiful。

十年了，我與何希早就斷了聯絡，雖然大家都一定知道這間斷不代表甚麼。碰巧上星期有天晚上，收編輯電郵，約稿寫旅行。不期然找出公文袋，重讀在烏普薩拉寫的四本日記。忘了是在哪套戲，還是自己拼湊出來的一句對白："It is where I was young”。

再查資料，阿特蘭堤斯原來是由柏拉圖提出的，攻打雅典不果，一天之內就沉到深海。但一旦成為神話，就有了不朽這特質。我又想起了教堂的石刻：瑞典果然就是阿特蘭堤斯，我也總算明白不朽的意義。

《字花》二〇一三年七月／第四十四期

艾美利亞

【十年】

暑假到摩洛哥旅行，遇到兩個瑞典女子。閒談間，一人知我曾在烏普薩拉讀書，忽發奇想，問我還記得哪些瑞典文歌。我說除了經典的飲酒歌 *Helan Går*，只記得一首，當年西班牙友人何希很喜歡，重播又重播。我忘了歌名，勉為其難哼出幾個音符，她先狐疑，後大笑：“Här kommer alla känslorna!” 這歌名譯做英文，是 “Here come all the feelings”。我笑說她知道這歌時，恐怕還是個小學生。

回港後，重讀去年寫下的遊記〈烏普薩拉〉，感覺是未免天真，但那天真又出奇貼合當時心態。我二〇〇三年認識何希，一起上學、在酒吧工作、行山觀鳥、看電影學英文、節衣縮食儲錢去旅行，〇四年復活節跟他返西班牙，距今剛好十年。方才發現，何希當日常常哼的 “Here come all the feelings”，原來早就預示我今日的追憶。

【謎團】

到摩洛哥前，為看一友人寫的東西，我在面書開了個戶口。數週後，這間處於世界人際網絡上端的公司，給我分發了幾個我應該識得的人。其中一人的圖片是隻雀，看名字正是何希。他的電郵戶口早壞了，我們的聯絡亦早中斷。

過了這許多年，我便不無反諷地要求成為他的「朋友」。幾日後，接他回覆，其中一句簡單卻深刻："My life has changed so much that you couldn't recognize me"。他讀博士的四年間，到了世界各處收集湖水做研究。但讀完才發現，原來不喜歡實驗室生活："I decided to change my life"。於是搬去在北非對開的 Canary Island 加入山間拯救隊，女兒剛剛一個月大。他最後問我近況。

我想用中文回應「一言難盡」。他說的面目全非，於我何嘗不然？簡單交代了經歷，我便說暑假碰巧會到摩洛哥，或可順道探訪，就能在相隔十載後重上君子堂。

但人生有時會如坐着猜謎語的小孩，未知謎底，就眼白白看着發問的大人轉身離去。發訊息後數日，並無回音，見何希的版面向來極少更新，想像過是否山間不便上網。半個月，沒回覆。我新寫的訊息愈來愈短，最終變成單字："hello?"

要出發去摩洛哥了，知道無緣會面，真有咫尺天涯之憾。旅行完了回來，發現何希面書的相片，竟由一隻雀，變成了我用的照片——面書供人選擇那種藍背景白半身，只有輪廓，沒五官。按下他的名字，彈出長方格："This account has been deactivated. Only you can see Jorge on your friends list. You have the option to unfriend Jorge."

【可樂】

十年前的四月，我跟何希在格納達（Granada）暫別，他先南下回家，我則北上獨遊馬德里，幾日後乘長途巴士，到達他位在西班牙東南邊陲的老家艾美利亞（Almería）。下車已是晚上，何希早跟爸爸和弟弟在巴士站候我。那年三月，馬德里發生了炸火車的恐怖襲擊，近二百人死，我在馬德里的五天之內，再有兩宗炸彈新聞，街上人都愁苦冰冷。

甫見面，他滿臉鬍子身形肥大的爸爸即給我一個熊抱，跟初次與西班牙人親臉時一樣，我直接感覺到人體的溫暖。回家後，見何希媽媽已準備好一桌晚飯。大概已過十時，要他們等我吃飯實在過意不去，正想何希幫我翻譯，他爸爸已急着用手形和單字“Drink?”，問我想喝甚麼。長途巴士坐久了，呆滯又口渴，隨口便說，可樂吧。他說沒可樂，我說水也很好。

已完全忘了那頓飯。只記得翌日醒來，見何希爸爸剛進門，放下兩大袋東西。拿出來的包括兩大支可樂。他以為我鍾情可樂。我想解釋不是，但太複雜了，便只不斷道謝。之後每餐飯，他都會把可樂放在一旁，不斷地「鴉基」「鴉基」——他讀不到「阿祺」——然後指這指那，都是着我多吃多喝。何希媽媽也不懂英文，只會在我幫忙收拾碗碟時喝道：「鴉基，Sit!」喝狗一樣，卻是如此可愛，可樂。

【午睡】

到過西班牙南部，才知道從前信奉回教的摩爾人（Moors）如此厲害，曾從北非渡海攻佔了今日的西班牙和葡萄牙，並在格納達把阿罕布拉（Alhambra）改建成雄偉而細緻的阿拉伯宮殿。艾美利亞的古建築跟格納達相似，都具阿拉伯色彩，而且為防地震，連教堂都起得像城堡。

何希父親請了兩天假為我做導遊，殷勤講解各種掌故，常常質疑何希怎能用幾句英文歸納他一分鐘的講解。但印象中，就是他要上班時的幾天也清閒，似可代表西班牙南部的人：早上外出工作，下午回家吃飯，然後午睡（siesta）一會，再去工作，六時許又外出喝喝酒，九時多才吃晚飯，之後年青人就再去派對（fiesta），好像只是用工作來充實一下siesta與fiesta之間的空檔。其時正值「聖週」（Semana Santa），何希說晚上可去看"Procesión"，謂那即英文的Procession，宗教巡遊，但他英文有點語焉不詳，我聽了就算，倒對末尾的重音"sión"印象深刻：成了前後兩個音，由齒間輕輕的「嘶」轉成濃重的鼻音「昂」，很動聽。

晚上，大街清空了，人都站到兩旁等待。遠處傳來似乎是儀仗隊的音樂，鼓聲卻比平日沉穩。聲音漸近，群眾熱熾起來，轉角處，黑壓壓一隊人身穿長袍，並頭戴類近3K黨的三角帽，步履厚重地隨鼓聲前行。前頭的小孩手提香爐，白煙就在那鐘擺的晃動裏緩緩溢出，以形和味佔據長街。後一點，幾排壯丁合力抬着聖母像，成為仰望的中心。黑夜，黃燈，白煙，鼓聲，終結合成一種奇異氣象，把人迷倒，再愛玩樂的人，此刻都容易虔敬起來。

南部的確有不少夜遊人，深宵仍精力充沛，那時便推斷跟他們天天午睡有關。午睡也是藝術，適可而止。外人如我，有天便是一睡數小時，何希父親開大了客廳的音樂還是沒用，最終害得他把車開得像風一樣快，才不辜負一心為我安排的海邊落日。與何希坐在崖邊看海，通常會說說將來，細節當然都已忘記，唯一肯定他曾指着大海說，這後面就是摩洛哥了，理論上一直游總會游到。

【明信片】

從摩洛哥回港後，我終於報名學西班牙文。曾跟何希說，有天能發出那震舌的「R」音便開始學。有段日子，只要路上無人，我就會發瘋一樣不斷啦啦啦練習舌頭。某天竟練成了。如同第一次拍翼後離地升空的鳥，把自己也嚇了一跳。

我卻到今年才守諾報名。雖然上了幾堂已發現，學懂的機會近乎零，但每次看見開學時夾在筆記簿的一張黑白明信片，還是覺得快樂。明信片是在格納達買的，幾個人並排坐在山邊的背影。

我在格納達見過那畫面。日落，何希帶我從小巷漫步上山。有個穿闊褲和阿拉丁鞋的少女在路旁練習拋球的把戲，失敗了就微微一笑，俯身拾球，又再開始，再失敗。山上有風，疏落如麻雀的幾個人坐在山邊的矮圍欄，一看，才發現他們遙望的對山，就是格納達的城市象徵阿罕布拉。氣氛安閒，無人拍照，仿佛大家到此，都不過為使閒聊有個景色。結果是，阿罕布拉裏頭的建築再別緻，圖案再精巧，也不及這原初的遙遙一瞥。臨離格納達，在報攤看見這畫面早給印在明信片，就買下留為紀念，並在右下角寫上：31 / 3 / 2004。

【分別】

幾日後，我暫別何希，一個人到了馬德里，不時在旅館的廚房，跟大伙看炸彈的新聞。

幾日後，我跟何希在艾美利亞會合，吃他媽媽的炒飯，飲他爸爸的可樂。

四個月後，我跟何希在瑞典分別，他臨行前贈我的，是一本 *Tales of the Alhambra*。他在扉頁寫的第一句，是往西班牙時反覆教我說的 "Encantado de conocerte"，幸會。第二句，是 "I don't like the feeling of living people without knowing if you will meet them again"，繼續混淆了他總讀不準的 leaving 和 living。

十年後，我們還未重遇，但我總算牽連上幾段老早覺得應好好記下的經歷。或許，living 跟 leaving 真不易分別，末了就只想起杜甫臨別友人時說的：「世事兩茫茫」。

《字花》二〇一五年一月／第五十三期

伊斯坦堡

【上篇】

上月〈博物館與帕慕克〉一文刊出後三天，我到了伊斯坦堡，從德心廣場（Taksim Square）外的長街下山，走進帕慕克（Orhan Pamuk）的「純真博物館」（Museum of Innocence）。社會與藝術，真實與虛構，室外室內，若即若離。先說博物館，再說大街。

到達伊斯坦堡是清晨五時許，在地鐵站門外待了半小時，才有首班進城的列車。因在飛機上睡得不好，第一天不打算太過辛勞，在旅館放下行裝，吃點東西，便去觸發示威的格茲公園（Gezi Park）附近一看。一出德心車站，已見一排警察圍在已封閉的文化中心外面。公園一角的草地上有標語和相片，悼念在示威中喪生的人，偶然也會看見反政府的塗鴉，但除此以外相當平靜，零零散散有些不知是露宿者還是閒來無事的人，在草地上樹蔭下躺着睡覺，不遠處則是幾片工地。

德心廣場的臨時設施都已拆走，早前在網上有音樂家領群眾唱“Bella Ciao”之「共和紀念碑」下，則是兜售餵白鴿的麵包糠之婦人。碑上有幾處灰色的塗抹，手工馬虎，顯然是為急急遮蓋反政府之標語。

沿電車路走下山，正是伊斯坦堡最繁盛之大街 Istiklal Caddesi，漫步個多小時，便見右面有一路牌，指示到“Museum of Innocence”之方向。路牌不起眼，卻一見認得，因早前曾見一網上照片，一警察正在這路牌底下，舉槍向通往“Innocence”之路射催淚彈；前後並置，頗有諷刺意味。走下去的小巷長而窄，再到平地處，已是另一氣氛安閒之社區，有幾家賣舊物的店舖。我在一茶檔喝茶稍稍歇息，後來才發現似乎全土耳其都用同一款茶杯，玻璃造，沒耳仔，一個透明小葫蘆似的，放在小碟子上，旁邊是一粒方糖，兩下就喝完。坐下不久便有貓繞在腳邊，這也是之後在土耳其常有的經歷。

再走不久，就認得深紅色的「純真博物館」。雖無朝聖之心，我還是帶了《純真博物館》，因為有書在手，就不用另付入場費。翻到書中印有門票的一頁，售票員在票上的圓圈，蓋上一隻紅色的蝴蝶。問他，來的人通常有書在手嗎？他答，你是今天第七位人客，之前六位都有。入口處有一女子正與訪客認真交談，我以為她是職員，後來知道不是。

甫入門，即見牆上的兩段引錄。我站着抄下第一段，是英國浪漫主義詩人柯爾律治（S. T. Coleridge）的話："If a man could pass thro' Paradise in Dream, and have a flower presented to him as a pledge that his Soul had really been there, and found that flower in his hand when he awoke – Aye? and then what?" 此話與博物館之構思，極為匹配。抄完就記起，小說開場其實正引用了這段夢入大觀園一般的話。

館不大，分四層，地面一層右邊有一個貼牆的大展箱，是小說中的女主角Füsun吸煙後遺下之煙頭，男主角Kemal將之一一收藏，分九年記錄，展箱釘有煙頭四千餘支，每支列明日期，寫下與那煙頭有關之片言隻語。一樓是小說第一至五十一章之展箱，偶爾會有對物件的簡介，更多則是小說原文的引錄，觀看之間，有時會想起小說情節，有時則是隨意聯想。如看三十七號展箱，見一以小鐵鏈吊下來的白色塑膠圓柱體，便突然有種驚奇的感覺：為何一看而知，那就是舊日廁所水箱的拉水的把手？全無歧義，一眼認得，而且經已遠去。因為技術發展或品味改變，我們的廁所，早已不用這種高高在上的水箱，鐵鏈吊下來的把手自然一併消失。但物件引起這片刻的驚奇，大概就是帕慕克之關懷了。

逐層而上，二三樓是其他章數，有些展箱還未完成，用布簾封住。三樓還有帕慕克寫《純真博物館》之手稿，寫作經年，手稿數量亦多，一本本上下打開的A4筆記簿，底下放有一支支再無墨水的筆管。帕慕克在紙的兩面都寫了字，空白處有速寫，看他的散文集 *Other Colours* 時見識過他的畫風，頗可愛。因為版面有時太混亂，稿上也有帕慕克對打字員的提示。看手稿最大的感覺則是，書真是人寫出來的，尤其是這種欲為城市招魂的長篇小說，晨書暝寫，不知有幾多不為人知的刪塗，幾多無法記起的佳句，幾多個白白浪費的晚上，幾多個突然醒來的早晨。真是一件浩瀚的事情。

但在館中最有趣的經歷，可算是看完展覽才開始的。從樓上走回地面，便到底層賣書和明信片的商店看看。店不大，只有一店長和我，問她城內示威之進展，她熱心講解。她說，經歷這兩個多月，大家都累透了，運動也進入另一階段。問她市民的態度，她先說因她支持運動，肯定有偏見；固然有反對或不關心的人，但就是不上街的，都曾固定地在晚上九時，走出露台，一起敲鐵匙以示支持，不少老人便是如此，整條街一時聲音雷動。荒謬的是，政府見此，竟呼籲人舉報這些敲鐵匙的人，罪名是噪音和滋擾之類，真有人因此被罰款。談了一會，雙腳太累，我就坐在她身旁的樓梯繼續談。商店的天花有兩層高，直通地面，故其他職員也從樓上探頭答話，或提提這位名為 Nilay 的店長一些英文字眼。

此時，原先在門口做訪問的女子也走下來了，問我關於博物館的問題，例如若然不知道小說，參觀還有意義嗎？我說，不至沒有，但一定少得多。她邊說邊抄，說了幾句，才知道這個叫 Pinar 的女子，原來不是職員，而是一個博士生，土耳其人，正在意大利讀書，因論文題目研究《純真博物館》，暑假就回來土耳其找資料，這段時間都在收集訪客的意見。說了幾句，又一女子走下來，名為 Kiymet，是有份參與整個博物館計劃的藝術家，這幾天碰巧回館做事，高興地說，門口右邊的那個煙頭的展箱，就是她負責的，然後邊拿起店內有售的目錄冊 *The Innocence of Objects*，邊為我講解。

三人和我繼續談，我也說了一些意見，如展箱間或有點重複，連帶也說起，其實來之前三天，才在香港一報章為《純真博物館》寫過文章。她們有點驚訝："In Hong

Kong?" 所以我之後說想為她們拍照時，她們便好奇地問，即是樣子會在香港出現？我也問了些不解之處，例如展品中何以沒有足球，因之前讀 *The Innocence of Objects* 時，知道常有小孩把球踢到博物館的後園，帕慕克說開幕時，便把其一放進展箱。

Kiymet 即時回答，有啊，還是兩個，隨即翻開目錄冊，三十八號和七十三號兩個展箱便是。真有趣，因我心目中之足球，總是黑白那種，一時沒想起小孩子踢的，常常是橙橙黃黃的小膠波，也印證了何謂視而不見。那是下午二時許，四人都未吃飯，便一起去了就近的餐廳午膳繼續談，提及她們的背景，也說起抗爭的事，包括警察的暴力。之前有幾晚，因示威者從廣場一直向博物館方向逃走，警察追趕過來，她們便要在休館後留下多等兩小時才能離開。

Pinar 跟我談起她的論文，說不同意我剛才訪問時說的，因其論文，正欲說明「純真博物館」是個可以完全脫離《純真博物館》而獨立存在的博物館，這個月來尤其有信心，因為有些訪客就算不知道小說，也因展品而讀出了城市的歷史，勾起了個人的回憶，人為了明白面前的東西，總會自製一些框架和敘述，所以反對我說，不知道小說的人會讀到較少東西。我的意見是，小說與博物館雖有各自的生命，但博物館其實不如小說之獨立，因博物館有明確的敘事，如一章章發展之設計，又大量引用小說原文，連帶似懂非懂地說起艾柯（Umberto Eco）一些文學理論。但未及解釋，其餘二人就說，帕慕克不久前才帶同艾柯參觀博物館。我說知道艾柯四月時到過伊斯坦堡與帕慕克對談，可惜網上錄影配了音，是我不懂的意大利文。但看過簡短文字稿，艾柯一貫風趣。

一起步行回去，與 Pinar 繼續在館外坐着談。臨行前她說，明年輪到帕慕克造訪意大利，跟艾柯對談，尚未向外公佈，但她已確知地點和日期，告訴了我。抄在筆記，有種好像知道秘密的喜悅，但也明知無緣前往。如是者，就過了在土耳其的第一個下午。

五天後，臨離開伊斯坦堡前的週六下午，我又再次從德心廣場開始，沿大街 Istiklal Caddesi 一路走下，見聞又有不同。下回再續。

【下篇】

留在伊斯坦堡的最後一天是星期六，我又到了德心廣場。聞說週末晚上因假期關係，廣場會較熱鬧，警察也更緊張，會封閉部分地鐵站出入口。那天晚上，我將要乘夜車離開伊斯坦堡，故只能在下午到廣場看看。

週末下午，廣場人多，在「共和紀念碑」下賣麵包糠的人也由一個變成了四個。在底下坐了不久，就有人走過來靜靜兜售冒牌的名廠香水。走在繁華大街 Istiklal Caddesi，每隔幾分鐘就有警車和裝甲車在路中心經過，突然卻聽見遠處的一聲叫喊。

走近看，是三個年輕人，把報紙放在心口，在大街中心來回踱步，定時叫喊口號，高亢堅定。看起來像大學生，我走近問其中一人喊的是甚麼。他說，是叫人簽名要求總理埃爾多安（Erdogan）下台，收集簽名的攤位就在前面。我看了看報紙，又問他頭條說的是甚麼，連帶問他，繼續問問題會耽誤他嗎？他說，有更多外國人知道伊斯坦堡的現況也好，並謂他們有三個人派報紙，不要緊，便把我拉到街的一旁聊天。

這男子名叫 Goksenin，是位考古學的碩士生。突然記起，便先問他德心廣場的「共和紀念碑」下給塗去的是甚麼。他說其中一句是詩，拿了我的筆記打算抄在上面，但瞄了瞄我在簿上畫的一個葫蘆立體，便笑說：“Ha, so you are drawing the cay.” Cay 即茶，讀若搓，能使他認到我畫的東西，多少感到滿足。岔開一筆，旅行回港後，因請雷競璇先生做九龍城書節讀書會嘉賓，他說可討論其實頗有瑕疵的《茶的世界史》一書，便買了來看。書末附有〈茶的詞源考〉一文，說世上用來描述茶的名字可分 te、cha 和 chai 三類，然後逐一追溯其發展路線。英文的 tea 屬第一類 te，中文的茶屬第二類 cha。土耳其文的 cay 則屬第三類 chai，盛行於歐亞大陸中心一帶。學者試圖解釋 cha 發展成 chai 之連繫，有說 chai 就是「茶葉」二字之壓縮，但其說不甚妥；亦有說 chai 與「齋」有關，看來更牽強。較可信的，則是 chai 乃受波斯語影響，經蒙古帝國傳遍歐亞大陸，唯後來聽雷先生說，第三類 chai 之分法實嫌多餘。

Goksenin 把詩句抄在我畫的茶杯底下，語出土耳其詩人 Turgat Uyar 的 “Yokus Yola”。那晚回旅館上網查翻譯，詩題指的是 “The Road Uphill”，頗符合德心廣場高峻的地勢。至於報紙頭條寫的，則是「真正的幕後黑手」。兩個月來，政府不斷誣衊抗爭，謂有幕後黑手在運動背後蠱惑人心，操控群眾。他們這群大學生卻認為，政府才是真正的幕後黑手，操控傳媒，專橫暴力。問他詳情，他說，政府一直抹黑如高調支持示威的商人Ali Koc，指他煽風點火，因抗爭期間，他曾為示威者供應物資，並容許他們使用他位在廣場附近的酒店之廁所沖身。示威者被警察追捕，又能躲在酒店中。Goksenin笑言，警察可以在光天化日之下走進大學捉人，卻不可走進酒店。我問，怎麼可能？他說，因那是私人物業，緊接的一句很有意思："This is Turkey"。

以"This is Turkey"來解釋眼前荒謬事物，我在土耳其聽了三次，語氣幾乎一模一樣。第二次，是在小城艾華力（Ayvalik）對出的愛琴海上。船開了不久，跟一土耳其人說了句近乎廢話的寒暄：「這裏水質真好」。怎知他反駁說，內港的水已不怎樣了，然後遙指一小島，說有人竟在那名為Cunda的小島和艾華力之間起了一條馬路，水流為之大受影響。「怎麼可能？」我問。他聳聳肩說："This is Turkey"。第三次在棉花堡（Pamukkale），途上偶遇一個滑翔傘教練，有緣跟他從天俯視滿山的白色石灰岩溶洞。有些白如棉花，有些卻已乾涸變色。他說，土耳其人也是這十幾年才懂得保護自然環境，以前不用入場費時，還會有人來燒烤的。「怎麼可能？」他便說："This is Turkey”。

Goksenin 說完“This is Turkey”，繼續說土耳其近幾年之政事民生，尤其不滿於傳媒的封閉。最經典的，自然是警察走進格茲公園清場時，國際的 CNN 電視台直播警察與示威者之衝突，而土耳其的 CNN 台卻在播放一齣企鵝紀錄片。Goksenin 恐妨土耳其會在世俗化（Secularization）的過程中走上回頭路，才號召市民要求總理下台。說話時，身旁不斷有裝甲車在大街來回巡邏，Goksenin 說警察個幾月來就是這樣威嚇市民。簽名運動看來無望，他卻充滿信心。

就在此時，另一位原先在派報紙的女子也走了過來。她名叫 Uren，讀土耳其文學，問起她對帕慕克之意見，她有點不以為然，覺得帕慕克立場親美，又支持土耳其攻打敘利亞。我只知道包括帕慕克等七位作家，曾聯署要求聯合國制裁和介入敘利亞，但對事情之認識極少，近日才因生化武器的新聞而稍為關心。說起帕慕克，Goksenin 語氣也略鄙夷，說帕慕克對抗爭的立場飄忽，到後段才公開支持示威者。我不清楚帕慕克最初之取態，只讀過他在《紐約客》的一篇聲援文章，態度鮮明；以帕慕克跟土耳其政府的關係，也似無支持他的理由。但三個派報紙的人有兩個被我扯走了，不太自在，為免耽誤就沒追問下去。跟二人道別，再走不久就看到收集簽名的攤位，大字寫着"Hükümet Istifa"，即"Government to Resign"。那又何止是土耳其人的獨有要求。

沿大街走下，到達歷史悠久的「加拉塔沙雷學校」(Galatasaray Lycée) 外之空地，又有另一批警車駐守。附近站着一個老伯，身前身後掛了寫滿字的紙牌。見一年青人細看牌上文字，便問他寫的是甚麼。他解釋，老伯是「阿列維派」(Alevi) 的信徒，屬伊斯蘭教中一獨立教派，希望爭取更多自由。這大學生唸政治，跟他邊走邊談，他說起整個抗爭結集了不同議題，壓抑了的要求同時爆發，但前提都是覺得自由正逐步縮減。他對「正義與發展黨」(AKP) 愛恨交纏，執政這十一年來，生活確有不少改善，不過發展下去卻充滿隱憂，好像推翻了先前的軍政府，卻慢慢變成另一個軍政府。我結果忘了問他的名字，但他沿路如數家珍地告訴我幾次政變的歷史，亦說起土耳其政府對庫爾德人的鄙視，政要不時公開取笑他們，例如會說，他們本來都是土耳其人，但後來移居山上，不小心"Kurd"一聲誤踏雪堆之中，便成了庫爾德人。跟這大學生分別，我便在傍晚回到旅館。

我沒有以偏概全的意慾，更深知旅途上遇見甚麼人，全是偶然所致，所以遇到有想法又有所關懷的人，總覺得特別慶幸。那些人是沒必要給我遇見的，但沒有他們，我所知道的「純真博物館」和大街就全不一樣。不論是社會運動還是藝術，這幾個人都認真投入其中，對本國的歷史、文化、藝術都有認識，然後以各自的媒介探尋真理，輾轉就把信息傳播到香港的報章上，如同早前在德心廣場靜立和站着讀書的人群，與異邦人相借力相影響。

到達伊斯坦堡時是大清早，雖是夏日，早上還有點清涼。離開則是晚上，跟巴士一起上了輪船，在深宵渡過了靜謐的馬摩拉海（Sea of Marmara）。巴士關了引擎，車上的人都渾渾噩噩地走到船邊，或抽煙，或聊天，或遠望。月亮低懸，海上的月影拉得修長，始知挪威畫家蒙克（Edvard Munch）畫的月光倒影雖然詭異，卻原來相當寫實。如是者，就過了在伊斯坦堡的最後一個晚上。

〈上篇〉：《明報》　二〇一三年八月二十五日
〈下篇〉：《明報》　二〇一三年九月一日

現代文人古典美——訪王穎苑

王穎苑是我認識的同代人之中最天資聰穎的一位，對哲學、古典文學、崑曲、古琴都有心得。初相識時，覺得此人有點古怪；相處日久，傾談多了，則發現要思慮清晰和充滿勇氣，才能如她這樣安然地我行我素。

跟她傾談是樂事，她有種把學問說得活潑的能力。記得她在前年的古琴演奏會的場刊，這樣介紹古琴：「他音量小得在街邊乞食也聽不到，卻有很多古人說他可令天下太平」。在去年的演奏會，場刊這幾句也深刻：「仿佛古典的東西都要一分溫柔和勇氣。對大家都不習慣、不太相信、不太看得見的，有無比的深情和敏感，然後，承受孤獨。」古典藝術就是如此，能見人所不能見，卻總是知音難求，注定受冷落。

今年六月，她將有另一次古琴演出。跟之前不同，她今次會以〈洛神賦〉為主題，結合舞蹈和琴歌。我相信觀點比介紹重要，有興趣的話資料在網上都不難找，所以不妨先看看她有何想法。

郭：郭梓祺
王：王穎苑

「文人地」看待事物

郭：先從闊一點的東西談起。討論傳統中國藝術，很難與「文人」的身份分開。對你來說，文人是甚麼？

王：我覺得可能是個 adverb。即是說，不止是「文人」這身份，而是「文人地」看待事物。傳統文人大多受儒道二家影響，追求精神性的東西，例如境界，而不是客觀知識和技巧。他們對美有追求，重視人的性情，懂琴棋書畫，我覺得他們都有種浪漫的感覺，想在生命的每一部分都展現出詩意來，落到不同的藝術範疇如詩詞和繪畫，也是這樣。崑曲雖由伶人演出，但曲詞都是由文人寫的，高雅含蓄；古琴亦然，重視境界而非技術。所謂境界，就是一種朦朧的對美的設想。如反問你，文人的典範又想到誰？

郭：蘇東坡吧，通才。

王：對，正如你不會當「孔乙己」是文人，不能只顧讀書考科舉，要在經史子集這些主科以外，鍾情各種術科，做很多無聊的事，譬如是烹飪，研究怎樣煮好東坡肉。最好還有一些幽默感，所以賈寶玉是文人，不願讀書考試。賈政你就不覺得有這氣質了。這種態度可應用到其他東西，但大體而言總是重視情趣，而且有要求，會講究。所以文人有時會給人貴族的感覺，但那不是奢華般簡單，因為必然關乎某種品味。

郭：所以也想起張岱，就是一個公子，古靈精怪，飲茶講究的不只是茶葉和茶壺，而是水，進而就研究泉和井了。

王：就是了，如《紅樓夢》講薛寶釵吃的冷香丸，就一定要弄那麼久。我覺得你說的「公子」真好，因你覺得他是美的，單單有錢不行，樣子生得衰一點其實也不行。要有風度，就像魏晉名士。

郭：我想起牟宗三先生在《才性與玄理》講魏晉名士，都是有逸氣而無所成，有種悲傷情懷。那些名士看似瀟灑脱俗，但心裏其實都很悲苦。

王：對，但美就美在這悲劇感。真正稱得上文人的，總會有點慘。一帆風順生活如意的，倒難有文人的氣質。那氣質，多少有點懷才不遇和傷春悲秋，是對生命一種內在的感覺，因總有追求不到的東西，總是失落。你看蘇東坡，人生充滿折磨，你覺得他幽默，其實都很 tragic，因為全部是自嘲。他簡直是古今最精於自嘲的人。

大部分公認出色的作品，其實都有這悲傷情懷，如屈原。書法也是，〈蘭亭序〉表面很開心，但正因在動盪中難得有那樣快樂的一天，更顯得一瞬即逝無法把握。〈祭姪稿〉不用說，〈寒食帖〉也一樣。古琴也是，大曲都不是快樂的，就算看來平淡恬靜，講隱居或遊仙那些，通常都是先經歷現實生活的挫敗，才退回內心去尋求平靜。但這種轉化都由悲情開始。只有很少人會一生出來就喜歡出家。

文人就算看破世情，都要在悲慘之後才看破。這與遭遇多少不幸無關，因這些人特別敏感，可能小小的事已足令他們能體會這悲情，也不單是自己身上的，而是普遍的生命形態的感悟。

何況位至宰相也可自覺得懷才不遇，因為生活總有缺失，有不圓滿的感覺，也因為理想很高很高，於是常有無奈之感。文人對這就最敏感，尤其覺得好東西無人賞識，庸俗的卻大行其道。《離騷》便是如此，於是就有義憤。

古琴與舞蹈

郭：這些東西，在古琴上如何表現？

王：古琴在唐以前之特點，便是「聲多韻少」。聲和韻的分別，籠統講就是技巧與境界的分別。「聲」是右手的彈奏，可歸納成速度和力度，很多樂器都是如此，只要大細聲對比明顯，彈得夠快，難度夠高，便已能令人佩服。但這能使人亢奮，卻難令人沉思，我們很難「亢奮地沉思」吧。所以這也不近文人藝術，因為少了內省，而只有耳目間的娛悅，《廣陵散》、《大胡笳》都屬此類，比較刺激，我不太喜歡。「韻」則是左手在絃上的滑動，明明完全無聲的，連餘韻也沒有，左手還繼續動。宋明以後較多這種重視「韻」的曲，正是要「文人地」處理古琴，像《漁歌》，重乎內在的觸覺，有較細緻的情緒推進，希望達至內省和沉思的境界，正是古琴所以為古琴之處，因為動的不再是手指，而是內心。那牽涉到我們要聽的究竟是甚麼：不是旋律，而是每個聲音的質地，以及音與音之間的關係，很像舞蹈。

郭：似跳舞的地方是甚麼？

王：這可連帶講到古琴譜的寫法。幾千年來都用指法譜，現存最早的《幽蘭》是文字譜，記的都是指法，而非音符。指法即是手指位置和動作，這記法明明不方便，又無節奏又無旋律，但古琴一直堅持指法譜，正是因為他重視的是手指之間滑動的韻律與美感。正如書法，看的不是端正與否，不是對錯，多一筆少一筆也沒所謂，因為重視的是如行氣、力度和情感等較為抽象的東西。古琴的指法，就像跳舞的動作，幾時連，幾時斷，從而表達情感和展現境界。

郭：你今次演出跳的舞又會是怎樣的？

王：可算是將我學過的舞蹈，綜合地表現出來，包括崑曲、傳統日本舞和法蘭明高。

我不算很熟悉法蘭明高，卻覺得他有古典精神，因有強烈的對內心的探索，Soleá最能彰顯這點。你要去思考那抑鬱，有反省，那是法蘭明高最重要的表現。不像Guajiras那種開心舞，好像是一堆貴婦，有錢又得閒，跳舞表現一種單純和快樂的美。跳這種舞我會不滿足，發揮的空間也有限。Soleá就不同了，因無論是憤怒或艱難，舞者都要咀嚼那情感，我的跳舞老師就常強調腳步要沉著。

傳統日本舞也是這樣，從來不離地，不跳起。崑曲一樣，高雅含蓄，文戲才是他的精神。如你看崑曲只愛武場，那基本上你沒領略過崑曲的特質。簡單點，其實只問你喜不喜歡〈尋夢〉便知，那是崑曲所以為崑曲之處。

我愈來愈喜愛傳統日本舞。你真要欣賞日本人的一絲不苟，傳統日本舞一直充滿自尊和自信，真正是傳統地存在着。門檻很高，能力以外，也需要大量金錢，但因為要求嚴格，故受尊重，面對老師和技藝，都很莊嚴。因為嚴謹和歷史悠久，才有講究的本錢。像那些和服，真是充滿誠意，而且愈高級的愈素淨，高貴就在其質地，因為他不以顏色刺激你。而要懂得欣賞質地，便已經抽象一層了。

表演藝術的意識

郭：你對「表演」這事本身有何想法？

王：傳統文人都不是表演者，就算彈古琴，都不過是自己彈，最多就是找三五知己，少有「表演」這概念。拋頭露面出來表演的，則是伶人或倡優。

我想相較之下，我的古琴演奏較重視表演藝術的元素，包括整體形象、舞台設置、觀眾反應等。如無表演藝術的訓練，便難有這種意識。一般的古琴演奏較少有這種意識，不一定很留意觀眾，可能跟自己平時彈差不多，只是場地不同了。我這樣說並不是一個高下的劃分，只是焦點不同。我今次演奏會的定位，就是再向舞台表演的方向多走一步。

想起來，就算是文人都有不同種類。心靈之美是共同追求，但有些人如我，則同樣追求形體之美，比較貪靚。這固然需要經營，但你看魏晉名士也多經營。

郭：對，要敷粉才可出門。

王：像你剛才說，有人對煮茶的水都那麼講究，為甚麼外表就不可以呢？這與我鍾愛表演藝術、重視觀眾的想法是一致的，因為美總需要被 witnessed，否則會有遺憾的感覺。正如心靈之美，最好能被賞識，否則就容易覺得不遇。

郭：我向來對刻意標榜多媒體的演出都有戒心，像胡恩威的進念，但只看過一次不宜批評太多。那一次也很慘，逼不得已要和學生一起看，看後最大的感覺就是膚淺，還要用一個教育你的姿態來包裝自己，很可惡，令人充滿義憤。算了，不如說說你對不同媒界的看法？

王：最重要的是不為多而多，亦非甚麼為了探討媒介的可能性之類。而是因為，我的想法只可以如此呈現，要有不同的媒介，都是因着感情的需要而發生的。我今次想演出〈洛神賦〉，全因有一朝無聊時，突然在腦海浮現出一個白紗女子的形象，隱隱覺得淒美，很動人，但最初卻未肯定那感情究竟是甚麼。這形象揮之不去，我哭了起來，很想去捕捉那情感，然後便慢慢想，她會如何活動呢，有活動便成了舞蹈。最後才想到音樂，覺得唯有古琴才能帶出那意境。

郭：我想起阿巴斯拍 *Like Someone in Love*，也因為曾在日本街頭看見一個穿婚紗的女子，意象久久不去，隔了十八年，便回日本將她拍了出來。

王：真正的藝術家都有這份深情。再補充一下剛才的回答，我其實並無刻意要探索各媒介之特質或組合。當你有需要去表達，而你又熟悉這些媒介，對他們有觸覺，他們自然就會結合起來。像那白紗女子的形象，一出來，我就肯定她適合穿法蘭明高的長裙"bata de cola"。故法蘭明高是最先和最內在的，因此有了特定的節奏；傳統日本舞和古琴的意境與之配合，崑典的情調和眼神亦然。

當我一步步希望把這女子 realize 出來時，就想到了曹植的〈洛神賦〉。〈洛神賦〉有特定的場境，雖然那不是啟發我的靈感，卻讓我從傳統中找到資源，有 specific 的處境，general 的感通，尤其是以前的文人，會特別意識當中的關懷所在。我自己感情豐富，必須表達出來，而表達是要有對象的，於是就有了演奏會的念頭，一切其實頗為自然。

重讀〈洛神賦〉

郭：你再讀曹植〈洛神賦〉時，有否新的感覺？

王：我覺得當中有種很強的 contemplation，而那象徵，也是普遍存在於傳統文人的，簡單講就是理想的追求與失落，不論那是宓妃，是甄氏，是政治理想，還是更抽象的探尋，都離不開失落。因為努力付出了，卻沒有結果。

我覺得洛神不一定是女子，否則為何會用「游龍」去形容？小鳥可以理解，但「驚鴻」就有點怪了；秋菊可以明白，但「春松」又太剛健。莫非曹植只是在自己讚自己？洛神那個美好形象，可能是作者的 self-realization，講的就是自己，如此美好，卻得不到認同，你都知政治和仕途對他們來說如何重要。想那白衣女子時，也出現了白鷺的意象，連帶想到傳統日本舞〈鷺娘〉一曲，講的是白鷺變成精靈，一片冰天雪地，意境淒美。後來再讀詩，發現唐人劉羽的〈一鷺圖〉也很好，尤其是「雪衣公子立芳洲」一句，那當然也是詩人自況，意境清高，對演出的想像就愈來愈豐富了。

郭：真是很豐富，祝演出順利。

《明報》 二〇一三年六月二日

《少帥》真幻——訪宋以朗與馮睎乾

張愛玲的遺稿《少帥》（*The Young Marshal*）出版了。這部尚未完成的英文小說，講的是民國時期趙四與張學良的故事。書前有宋以朗的序言，淺說這遺稿的來龍去脈，因捐贈予美國南加州大學後一直未得注視，才找人翻譯成中文出版。書後有馮睎乾一篇近五萬字的長文，從《少帥》主角周四小姐的年齡考證，探究張愛玲偏離史實的用心，評賞小說對女性命運的關懷，以及全書立意；驟眼看來細碎的枝節，竟成欣賞作法的關鍵。用馮睎乾自己的話來說：「文學考證的功用，應該是協助讀者對文本獲得更深入的理解、更優雅的詮釋。」

早前我到了宋以朗的家，跟二人詳談《少帥》，聽他們回溯耗時三年的策劃和出版過程。宋先生邊說邊拿出一本本相關的書來給我看，馮睎乾則援引一則則例子說明翻譯與考證的問題，始知出版遺稿，實不如常人想像般容易；工夫之多，用心之細，都不簡單。張愛玲知道當會滿意。

宋：宋以朗
馮：馮晞乾
郭：郭梓祺

漫長的過程

郭：你們是何時開始的？

馮：張愛玲寫三年，我們便寫三年。

宋：那即是二〇一一年。有些人很憎我，説我把張愛玲的東西藏起來，幾年才放一本出來，像「擠牙膏」一樣。但我覺得出版《少帥》頗難，要計劃整個過程。她之前的《易經》和《雷峰塔》都是自傳體小説，如要找人寫序很簡單，到台灣找張瑞芬教授就是，因她研究張愛玲，清楚她的個人歷史。出版張愛玲《老人與海》譯本時，找了住在美國的高全之寫序，也容易。

到《少帥》就麻煩了。有些人看過，説小説好像不符事實，那便要先查清楚事實。接下來，不符事實處就要思考因由了。是否張愛玲的工夫不足？抑或她是刻意寫成這樣？如刻意，又為了甚麼？我當時想，找人寫序要求很高，該找甚麼人呢？找個張愛玲專家，他對張學良或不熟悉，如我要求他核實歷史事實，是要很大工夫的，他也不一定願意投放時間。如果找個歷史專家，他又不熟張愛玲。我覺得沒現存的人是兩門都可以的，唯有逼馮晞乾，跟他説麻煩你了。

馮：其實我兩門學問也不懂的。

郭：但我在《少帥》附錄文章，看到你搜集資料的過程，如試圖找回張愛玲那幾年可能讀過的書和雜誌，就覺得不能想像，簡直是大海撈針。

馮：是不能想像的。

宋：最初不知如何開始，我先到書店，看有甚麼張學良的書，一見便買。

馮：可是張愛玲未讀過這些書，這是最大問題。

宋：過程中，覺得張愛玲提過的一本書很重要，便去找，那就是*Donald of China*。（郭按：此書為端納（William Henry Donald）口述史，其人本為記者，後來成為民國時期活躍於中國的政治家，先後任張學良及蔣介石之顧問，於《少帥》中名為

Ronald。)

馮：那時發現在理工圖書館有一本，因為是參考書，不能外借，所以我直接在那裏複印了全書，然後馬上寄給在北京的翻譯鄭遠濤，跟他一起讀。

郭：張愛玲在信中曾説，這書其實寫得不好，是嗎？

宋：八卦的內容多的是。

馮：這是Donald親自憶述，當然也有些內容可能是錯的，正如張學良的口述史也會出錯。

宋：張學良自己説的話，很多是虛構的。唐德剛那本《張學良口述歷史》根本沒整理過，沒時間查證資料，結果張學良説甚麼，他便寫甚麼。

馮：還有，唐德剛得罪了趙四。張學良去紐約時，有個女人叫蔣士雲，是貝聿銘的繼母，她接待了張學良。張學良已經九十歲，但趙四小姐還是呷醋，覺得蔣士雲與張學良有染，於是把他押回三藩市。因為蔣士雲是唐德剛介紹的，趙四就遷怒於他。這些唐德剛都寫了出來。

狀書與考證

宋：但你問怎樣尋找資料前，應先問為何要尋找。

郭：那原因是甚麼？

馮：一開始，宋生只是說，書出來時不要給人告誹謗。他怕張學良的家人質疑，張學良與未成年少女發生關係，因為小說寫周四小姐當時只有十三四歲。你又怎知道這些是真的？故需比對史實和小說，原本打算寫一篇前言，說明內容大多虛構，以免被人說是誹謗罷了。

宋：要不就是明知故犯說你誹謗，要不就說你的調查工夫做得一塌糊塗，或根本沒做。

馮：所以要核對事實。開始時，只想說清這問題，所以把重點放在歲數。必須先弄清楚，趙四與張學良到底何時相識。問題是，他們事實上何時認識，張愛玲也未必清楚，那便要考查她到底看過甚麼，怎樣處理那些史料，從而找出她的角度。

我考究周四小姐的年齡，不是因為受了紅學的影響，專門研究年齡和年份，其實我對此並無興趣，但因要寫這篇自辯文章，才從這古怪的角度入手。但這樣寫，文章肯定乏味無比，誰會對這些年份有興趣？

要把這如狀書一樣的文章，稍稍改換，就想到用一個文學批評的包裝，另找一更深的角度。考證完了，對我了解文本或者詮釋小說，又有甚麼關係嗎？過程中，我發現有點像福爾摩斯查案一樣，自己也好像在寫小說，因為正在詮釋別人怎樣詮釋一些事；當你詮釋時，你已加入了個人的文學想像，再去詮釋那作品，便成了雙重想像。就是在一個想像的世界中，再想像另一些東西，這本身就是一種文學創作，最後好像在寫偵探小說，只不過是用歷史人物做角色，他們有的真實有的虛構，並以文學批評為背景。我到後來才發覺可以寫這樣的東西出來，覺得有趣，愈近尾段愈有意識，但開始時並沒想過。我在文中也暗示了我正在做這種小說創作，不知道其他人能否看出。

郭：找資料方面又如何？

馮：其實很簡單，首先要縮窄範圍。《少帥》是張愛玲在一九六三年前後寫的，你看她之後的書信，本想繼續寫下去，但沒動筆。你可假設，一九六五後出版的所有關於張學良的書都不用理會，然後便可到圖書館找有哪些相關的書是此前出版的，不論中文或英文，都可看看書目，我發覺也不算太多。

然後，再看看她信裏有否提過一些宋淇寄給她的書，也不太多，*Donald of China* 一定有，但其他那些我又怎樣找回來？就只是碰運氣。

郭：我見你在文中找了好些舊日的《春秋》雜誌來做考證，過程困難嗎？

馮：《春秋》可到中央圖書館看，很齊全。說起來我與《春秋》也有淵源。我幾年前到過「春秋雜誌社」學古琴，在彌敦道，那時還未幫手做《少帥》的工作。我喜歡那裏的舊書，後來看到張愛玲在信中提及有人把《春秋》寄來，便知道是甚麼。

那年代寫民國軼事的書其實有限。你可想像，當時很有名的《春秋》雜誌專講民國軼事，而且海外有分銷，如張愛玲想收集這方面的資料，不可能不讀。最初便想，張愛玲是在華盛頓讀到，抑或有人寄給她？按推斷，應該是有人寄給她的。我看了各期《春秋》的目錄，再比對內文，發現張愛玲有不少內容是直接從那裏拿過來的，於是可以確定，她也讀過那幾期。把範圍收窄，再隨機搜索，當然也有沒用的，譬如徐鑄成在《金陵舊夢》也寫過張學良，但跟《少帥》無關，便沒放進文章。

郭：但你是純粹想知道，張愛玲所用的材料是從哪裏來？

馮：否則你怎知道，十三四歲這件事，到底是她虛構，還是取材於其他資料？這很重要。如果是誹謗，你要看看是否有一個版本曾提及趙四十三四歲已認識張學良，並發生關係。我確定是沒有的。

沒有的話，這明顯就是張愛玲虛構。要想她為何要這樣虛構，就變成一個很有意義的問題了。所以，工作其實不是印證歷史和張愛玲的版本，而是印證張愛玲讀過的版本和她寫的版本，那才有意義。不過我也要知道歷史事實是怎樣的，這就成了幾重工夫。

所以我第一重意思，不過是當自己是歷史學家，去看那時候的這段愛情故事，看看能否還原其本來面目。另一重更有意義的工夫，就是看看張愛玲怎樣處理她看到的資料。

翻譯的艱難

郭：翻譯的情況如何？

馮：宋生識得鄭遠濤，他曾來訪問。

宋：他那時是張愛玲迷，知道我手上有很多東西，問我可否給他看。他最有興趣的是張愛玲和她姑姑的書信，我就影印了一些給他。譬如一封說她姑姑在八十年代，第一次想起可以聯絡張愛玲。以前因為文革，很避忌，尤其那屬於海外關係，張愛玲又是個反共作家。鄭遠濤便據此寫了一篇文章。後來我知道他在做翻譯，譯他自己喜歡的書，如《波斯少年》。

開始計劃出版《少帥》時已知需要翻譯。之前的兩本《雷峰塔》和《易經》，張愛玲有厚厚的打字稿留了給我父母，當時認為工程太大，不知怎辦，出版社就在台灣幫我找人去做，效果不算很滿意，有時候也讓人煩惱。

都是張愛玲衰，因翻譯是個台灣人，沒法知道香港事，譯了出來，看來看去都不妥貼。譬如說，書中女主角在香港大學下山，接着乘電車，電車去的是Shovel Bay。Shovel是鏟，他就不懂譯，甚麼是Shovel Bay？最初我也愕然，便做了些蠢事，找找香港到底有多少個Bay。三十個，逐個對，沒有一個是Shovel。再想想，發覺自己真笨，你乘電車從堅尼地城出發，在灣仔警署下車，那肯定就是向東行。究竟車頭牌上會寫甚麼？可以是灣仔，北角，筲箕灣。「筲箕」這兩個字，英文沒有，便明白了。我明白譯這些難度很高，但也先不要理會，總有人能幫忙。

譯本裏有其他東西讀來不太舒服，不過當時要找翻譯也困難。現在譯《雷峰塔》和《易經》的趙丕慧其實已是第二個。第一個是張愛玲迷，熟知其事，但第一本未譯完就投降，為甚麼呢？張愛玲上了身。她變成了書裏面的張愛玲，父母想跟她溝通也不行，哈哈。

郭：那麼恐怖？

宋：這是真的。

馮：怎麼沒聽你說過？之前聽過你說類似的版本，但「上身」好像不過是個比喻。

郭：關於這也可以寫一部小說。

馮：這一定要寫，我從未聽過。

宋：趙丕慧是第二個。不同的是她不熟悉張愛玲，為此找了很多張愛玲的書來讀，然後才開始。到了《少帥》，我認為這不是辦法，不如找鄭遠濤試試。

郭：趙丕慧的譯本，普遍評價如何？

馮：一般人覺得不俗。高全之那本《張愛玲學續篇》，就有文章評論過，挑出很多錯處，那也難以完全避免。

郭：那現在鄭遠濤譯《少帥》更似張愛玲嗎？

馮：沒特別說似不似，因學一學還麻煩。我研究過張愛玲怎樣寫，發覺如你學她，別人隨時以為你錯。她用的中文有時反而不太好，你看她英譯中那些作品，特別易看出問題。不過那些問題不重要，只是有點怪而已。張愛玲寫就沒問題，因那是張愛玲，怪也覺得是高手。但如你學她，別人就不覺得你是高手，只覺得你怪。

馮：舉個例子，我們商量了很久："She herself had been in love a long time"，你會怎譯？

郭：「她早就戀愛了」？

馮：但意思就變成她正在拍拖了，但文中的她是沒拍過拖的。我們最初討論時說，如這樣譯，便分不到她拍過拖沒有。鄭遠濤也說，當張愛玲寫「戀愛」時，只在有對象時才用，故這樣就譯不出原句的意思，因這是她單方面幻想出來的。還可怎樣譯？翻譯就曾說「她自己早就愛上了」。

郭：不是更需要對象？

馮：對，故又有「她自己早就愛着了」，但都不好。然後說到，"Fall in love" 不就是「墮入愛河」？但那是張愛玲會寫的嗎？

郭：但英文又不太像，只是 "... in love"。

馮：對，故餘下來中文可表達的話，便只有「情竇早開」，否則就沒法譯。不過，我後來發現，以為「墮入愛河」是瓊瑤才會寫、張愛玲不會用的想法是錯的。她用過，你看看，在《色，戒》這裏：「這樣的女孩子不大容易墜入愛河，抵抗力太強了。」問題是，《少帥》這處可用嗎？我又覺得不行，因《少帥》裏是一個短句直落，這"in love"很重要，不宜用「墮入愛河」這種套語去譯，會很刺眼，也把這套語放大了。《色，戒》那句意思複雜點，是強調她抵抗力強了，故當張愛玲用套語時，那一定不是句子的重心。如果《少帥》這樣譯，就很不像張愛玲了。

所以翻譯就要考慮這些問題，一句也要反覆思量。就算張愛玲自己譯也一樣難，因她也會受中文的限制，但她可隨時把整句改換，你也知道，張愛玲譯自己東西時有很多改動，但我們改不得。

郭：結果譯了多久？

馮：其實譯得很快，約三四個月，不過修訂卻做了很久。他譯完，我校，他再譯，我又再校，好像永遠也做不完。

宋：結果就要給他們一個限期，不理他們怎麼改。

郭：翻譯總共改了幾多次？

馮：無限次。再舉一例。書中周四小姐曾引用成語"Change and die"，表示老帥封大元帥是凶兆。這成語，你覺得中文是甚麼？鄭遠濤問我，我也不知道，可能是很舊的說法，因他住北京，便叫他問問北京的老人，也找不到。上網google當然也沒有。"Change and die" 可有幾多種變化？「變則死」？「變則亡」？都查不到。

兩年後，我在中華書局偶爾看到幾本成語辭典，收錄了不少舊日的成語，翻了翻，查到一句：「變古亂常，不死則亡」。就是這句嗎？好像不似，但想了想，正因不似才一直找不到，似反而早就找到了。相差真很遠嗎？你想想，把這八字譯做英文會是甚麼？「不死則亡」不就是die，「變古亂常」可譯得長些，但就不能和die對稱了，故很可能簡譯做change，略去的意思也不多，因「變」和「亂」相近。鄭遠濤聽後覺得太文縐縐，但成語不少都如此，「己所不欲，勿施於人」不也很文雅？雖然最終仍不肯定，但這句好像最似，無論如何比「變則死」好，因那是沒根據的。

修訂翻譯的同時，又發現張愛玲用了很多西方典故和雙關語，這些如何處理好呢？我便嘗試將它們融入到我那篇考證文章中。一邊校讀譯文，一邊對小說有更深的看法，便再修改我的文章，然後又對原文有更深的看法，如是者一路改下去，愈寫愈長，很多想法最後都要濃縮成文章後的附注。

《少帥》的作法

郭：看《少帥》時發現，不少地方跟張愛玲其他小說重複，似乎她有很多東西儲了下來，然後中文英文轉換地寫出來。

宋：她有些很喜歡的句子。先寫進一本小説，誰知不能出版，或沒有寫成，接着在下一本，便不擇手段一定要用那句，怎知道那本也出不成，哈哈，再下一本總之要塞進去。譬如説她寫祖父祖母，「靜靜地躺在我的血液裏」這句，我查過，她用了四次，以前三次都不能出版。

馮：《少帥》有些句子是從《異鄉記》來的，故初時可能是從中文變出來，但有些又再變回《色，戒》的句子，即是中文變英文，英文變中文。

郭：這過程可以橫跨十幾二十年。

宋：講個題外話，有些張愛玲的事，純粹是好運地知道。如她在語錄說，有些人在幕後幫手做事，寫了八個字：「有口難言，無奇不有」。誰知道在説甚麼？幸好我在家裏見過爸爸有個劇本叫《有口難言》，用筆名寫的。還有媽媽翻譯過一本英文書，叫《無奇不有》，又是用筆名。張愛玲那句，是説他們二人用筆名，在幕後操縱。

馮：所以還有一句「人在幕後戲中戲」，在這八字之前。

宋：那劇本和書我都有，是幸運，外面的張愛玲專家，都不會記得這些。那個「無奇不有」根本無人知道，因為又不是一本好書。但我家裏有四本，為甚麼呢？當然是因為自己有份。

郭：剛才說，張愛玲幾本背景比《少帥》簡單的小說，在外國出版也艱難，故我不明白《少帥》為何還會那麼複雜，尤其如第六七章寫軍閥混戰，美國讀者簡直不可能明白。她的信心從哪裏來呢？何況她還用了那麼多時間寫。

馮：回到根本問題，她為甚麼要寫這樣的小說？如果她想寫歷史小說，會寫到人人都明白，像林語堂那種方法。你覺得她真的想別人明白那些事嗎？

你要知道，她不喜歡寫不真實的東西，她本身就欣賞真實之美，所以想加多一點細節，來保留那個世界的質地。還有，你有否留意書中那些對話，往往無頭無尾，她不會先給你背景，故不論誰人在看，都要想究竟在說甚麼。

郭：但人名真要那麼多嗎？如文中「方申荎」這些大開角，跟說有「南邊的一位領袖」有何分別？我們都知她想影射誰，但對外國小說讀者來說，不會太複雜嗎？

馮：問題是，如不寫人名，用身份來代替，她會覺得假，是造作牽強的寫法，所以她不是從讀者的角度入手，考慮的不是易不易明，而是那寫法是否恰當；張愛玲雖想和林語堂競爭，卻不想做林語堂。如用林語堂的方法而成功，對她來說其實是失敗。她在《私語錄》也曾說，欣賞林語堂的中文遠多於英文。她明顯不想做另一個林語堂，雖然她知道那條路會較易成功。

她最欣賞的是《海上花》，幾年後就譯了出來，介紹給西方讀者。她知道《海上花》不會很多人欣賞，只是覺得西方批評家多，總會有幾個人知道她想做甚麼，便夠了。《海上花》貼近她的美學觀，一眾角色蕩來蕩去，那麼多人名，就算中國人看也會頭暈眼花。

回到《少帥》，有些地方根本不是接着前面的事情來說，很難懂。這樣處理是為了甚麼？其實她在告訴你：這些不是讀者需要知道的事情。她想你代入周四小姐，聽旁人的話時，就只覺得不可理喻。如要切實反映周四小姐的內心世界和處境，正需要這種方法，要令人不知道説的是甚麼，所以張愛玲這樣寫，其實是刻意的。她不想太過火，令人抗拒，故也把無謂的東西簡化，不過始終有底線。

張愛玲用一些很細緻的工筆來描畫，但畫甚麼呢，就是背景。譬如說現在有兩個人對話，她會把後面的東西畫得仔細，這也是《紅樓夢》的做法。後面畫得仔細，不是想你去注意，不過希望給你一個背景，去烘托前面的事情。背景馬虎，前面的事情就不能烘托出來。你說那些軍閥的事如此繁複，就可說出周四小姐當時身處怎樣的處境，會覺得多茫然——身旁的人都像一群紅母牛一樣，在做些古怪的儀式。書中就有這比喻。

張愛玲不斷強化這感覺，才有那種細緻的描述。我想對她來說，外國讀者能明白她的用意已經足夠，無須把歷史背景都考究出來，因這樣讀小說是很沒意思的。

對《少帥》的評價

郭：那你們覺得《少帥》好看嗎？

宋：問題在於你追求的是甚麼？如果有人給你這本小說，不告訴你作者是誰，你讀來會很疑惑。但如告訴你這是張愛玲寫的，看法就會完全不同，尤其是如你熟悉她，就會開始想其他問題，不只看小說本身，而會問她為何要用歷史人物做主角，這是她從未試過的，故《少帥》是否好看，很視乎你的角度。從她本人小說史的角度來看，《少帥》比《雷峰塔》有趣得多。

馮：我也覺得如此，《少帥》比《雷峰塔》寫得好多了。我比較喜歡她七十年代那四篇，覺得比她在上海所謂那黃金兩年好得多，不論技法和深度，都遠遠超越，也肯定高於《金鎖記》。有朋友說《色，戒》最接近「神」的境界，我很同意，李安拍的根本是兩回事。我最近又重看《色，戒》，因要寫篇文章比對其法文、英文、德文、意大利文譯本，故要逐字去讀，感覺跟先前很不一樣。她後期的著作如《相見歡》，多看幾次，便知道她的寫法，明白為何都不受歡迎。張愛玲已不再是想着出名，因那時她早已成了名。她初期寫的才多玩文字遊戲和金句，就像王家衛拍《一代宗師》，灑一堆金句，要你徵引要你記住。張愛玲的早期作品無甚深度，都靠比喻、機智、文采去吸引你，這她都做得一流，如王爾德一樣，水銀瀉地，所以立即出名。

但這是不持久的，不會因重看而加深理解。但她後期的作品，卻會因重讀而發現新的層次，如《色，戒》就是她中短篇中最好的，跟她原初用英文寫的"The Spyring"已不一樣，雖說有些特務的情節是宋淇給她的，但那都不是最重要的，正如《少帥》中講張學良那些都非重點。重點是她如何處理材料，如何在上面加添自己的顏色，而效果總是含蓄，不着痕跡。是我想得太多嗎？不可能，你看她後來寫《小團圓》，以她一個這樣聰明的人，你覺得會愈寫愈差嗎？

她只是在玩另一遊戲，將先前的遊戲規則統統改掉，改完卻不告訴你，因為明明白白告訴你就沒意思了。很多人就覺得她已江郎才盡。

郭：有趣。

馮：從《少帥》開始這時期便是如此，初看會覺得平淡，不知她想做甚麼，是未修訂好嗎？但我曾刻意給一些女性朋友看，她們看完都覺得感動，不是因為歷史人物，那都可以跳過不看；而是為小說描寫女子初夜的段落而感動，覺得有共鳴，能反映她們的心態，有些人還說邊看邊哭，男性讀來當然會很不同。

張愛玲覺得這最值得寫，她在信中也講明《少帥》只是個"framework"，我覺得她要借此框架說的，就是她的初夜。為何《少帥》用英文寫？你想想，不用英文很尷尬，如你是張愛玲，你也不會用中文寫初夜吧。就算講明不是她自己，讀者也會這樣猜，所以不會夠膽用中文。我覺得《少帥》就像緩衝，好預備用中文寫《小團圓》，才先用外語，跟不熟悉她的異鄉讀者表露自己真實的一面，寫最震撼她的經驗，而且那一定是真的——「用外語講真心話是特別真的」。你知這句是誰說的嗎？是黃子華。

所以我覺得她是想着自己，卻包裝成一歷史小說，重心則明顯是寫她的初夜，講女人的命運，後來到知道《少帥》出版不成，才寫《小團圓》，故你看《小團圓》寫床上戲許多跟《少帥》相像。以前她很少寫這些東西，《少帥》和《小團圓》卻都寫得露骨。

郭：對。

馮：回到好不好看的問題。我的角度是這樣的：好不好看，視乎你怎樣看。為何張愛玲在國際文壇的地位不高呢？那就要問，有幾多外國學者會花大量時間讀她的書。如不花工夫看，或沒那些背景或知識，根本看不到細節，不會明白她想做甚麼。不能正確地欣賞她，就沒法正確地評價她。

我甚至覺得，夏志清對《少帥》這些作品的評價可能也不高，因為他也未必會投入很多精神去讀。張愛玲花了大量工夫在細節，如不花同樣的工夫去讀，便難理解。正如我給你一首Horace的古羅馬詩，因你不懂拉丁文，看不到他的文字遊戲，讀英譯只會覺得無聊，連說十行都單講飲酒。若你知道原文如何，他怎樣處理雙關語，調節音樂和節奏，整首詩便全不一樣，所以都要看細節。

張愛玲的作品翻譯後也是另一回事。中國讀者如只追看故事，也不會覺得好。但如你認真看，會發現她很多東西都是故意的。發現了她的意圖，便會覺得寫得好。跟四十年代不同，她已不想用金句去干擾你了，只想你慢慢看。如你看不明，我覺得她是心甘情願付出那代價的，不過她相信總有人會用心逐字逐字去看，雖然只是少數。

不是要寫那篇考證文章，我對《少帥》也不會感興趣。但寫下去，將所有細節研究了出來，便覺得很有趣味。所謂好不好看，通常是指學界最有地位的人覺得如何，一般人見學者説好便容易説好。那些學者為何會覺得好看呢？因為他們專門研究這東西，看得仔細。但有些作品本身是耐不住你去細看的。要在強光照射下還能抵受，而你能看出細節和紋理，才算好。從這角度，《少帥》寫得好。但如不用強光照，便是模糊一片，所以也注定大部分人會覺得不好看。也可以説，張愛玲其實在考驗你的耐性，要麼不看，要麼就花時間看。

反問你呢，讀完覺得有意思嗎？

兩般疑幻又疑真

郭：有一點覺得有趣，關於變與不變，好像不是「現在」取代了「古老」，而是古老根本從沒離開，只是反反覆覆如潮張潮退，有幾處刻意將這古今並置，如寫到革命黨已拿着土鎗土砲了，一個軍閥用的還是大刀隊，結果大刀隊都不敢下火車。又或寫北京城那守夜的鐘樓時，就提及新式時鐘，兩者在小說同時出現。男女的身份也一樣，書中女人的身份都是對應於男性的，不是妻子妾侍就是妓女，而男性的分類則是職級和成敗。到了現代，在革命之後仍是如此，分毫沒改變過。

另外有一依稀的印象，就是覺得《少帥》跟《色，戒》相似，有點「兩般疑幻又疑真」，而且都跟演戲有關，好像試圖尋找真實。

馮：但張愛玲似乎在說，很多真實，不過是你以為是真，而主角心底都知道不是真的。就如《色，戒》，王佳芝從珠寶店出來後，街上的人都像隔在玻璃之後，如同櫥窗裏的模特兒，行人甚至路過的車，對她來說都不是真實的。《少帥》也暗示了寫的都不真實，如少帥攬着周四時，周四便想，因為二人年齡上的差別，好像屬於兩個朝代的人，覺得少帥像是書中人，於是就可很勇敢去愛他；反而害怕少帥不明白，以為自己真的喜歡他，以為她真那樣夠膽和 shameless。正因她覺得自己身處戲中，才如此放肆，但做出來又像在真實世界，我覺得便如 double simulation，雙重的模擬。就如一個密室中，有一個人在行來行去，他跟自己說自己是瘋的，然後便如瘋子一樣行動。過了一會，他就再跟自己說，我痊癒了，變回正常。那他真是變回正常嗎？還是裝瘋的人扮正常？這是無可救藥的，很絕望，因表面上正常，但心底裏卻是裝瘋子再去扮正常，我覺得張愛玲寫的也是如此，主角覺得那些東西假，但都裝作他們都是真的，繼而又自覺那些仿真的事物很像虛構，那"as if"因此是兩重的，很多東西因而都一層層走不出來。

《少帥》到最後也在把玩這點。如說到那英國人，想做海關騙錢卻給少帥趕走，很快就因分贓糾紛而給殺掉。周四小姐知道了立刻說，那是少帥最威武的一刻，之前中原大戰死了三十萬人，也只是如夢如幻，直至少帥在羅納面前贏了這洋人，才覺得最真實。那比喻簡真是金句：仿佛一場枕頭大戰，線頭裂開，飄了些雲霧出來。但寫下去卻筆鋒一轉，從真實的事，回到了這死去的英國人寫的第一本書，講的正是拳亂和搶掠，想不到他三十年後正正死在其中，所以一下子又像回到了書中，由真實返回虛假的世界，那書就像預兆。因此是由真去假，又由假去真再去假，不斷來回，令讀者和周四，都分不清孰真孰假，或孰新孰舊。

郭：對。

馮：所以說，她也不是要找真實的東西，而是想建構一世界出來，像《色，戒》，我覺得像神的境界，因為那近乎一些 Gnostic 的想法，覺得這世界是個神自己幻想出來的。《色，戒》所有東西都是王佳芝自己想出來的，完全像沒發生過，但幻想出來的東西卻可有很大影響。

這也是《少帥》的情況。一開始，無端有人拋些東西上洋台，便很假；到最後，寫少帥帶住兩個老婆下飛機，說新中國已出現了，迎接新世紀，也很假。《少帥》從頭到尾，其實都在強調假而又像真這命題，歷史人物反為次要，卻有助烘托主題。張愛玲是一路收起這主題的，因為待你揭開幾層，自己發現，你才會覺得好看。

郭：今天真豐富，謝謝你們。

後記

訪問後某天傍晚，我與馮晞乾在灣仔天橋上閒談，問及他最初為何會幫宋生做張愛玲的研究，他笑笑說：「這是一段很具爭議性的往事。我印象中，有一天宋生很認真地問我，『張愛玲留下的一些東西我毫無頭緒，你能幫幫忙嗎？』我後來看看那些稿子，覺得不難處理，便仗義襄助。但現在宋生提起我們合作的開端，卻有截然不同的解釋，最近他對我說：『你完全記錯了！一開始時我只是跟你說：我家中有些東西很好玩，你玩不玩？你似乎沒有反應。過一輪我又再問：我家中有些東西真的很好玩，你究竟玩不玩？結果你應承了。這版本才是真相。』」馮晞乾稍稍停頓，便說：「所以我也不知道我究竟怎麼開始研究張愛玲的。平時我們也不談張愛玲。」我問：「那麼你們談甚麼？」馮說：「天馬行空，無所不談。例如我會問他，你大學時一位數學老師 Jim Simons 是如何炒股票的？他又會問我，世上究竟有沒有奇門遁甲？當然說得最多的就是身邊朋友的八卦是非。」說完，我倆就在斜陽下大笑起來。

《讀書好》 二〇一四年十月／第八十五期

積風二集

作者／郭梓祺
編校／馮晞乾
封面題字／萬偉良老師
封面及插畫／區華欣
總編輯／葉海旋
編輯／周凱敏
設計／陳艷丁
出版／花千樹出版有限公司
地址：九龍深水埗元州街二九〇至二九六號一一〇四室
電郵：info@arcadiapress.com.hk
網址：http://www.arcadiapress.com.hk
台灣發行／遠景出版事業有限公司
電話：(886) 2-22545560
印刷／海洋印務有限公司
初版／二〇一五年六月
ISBN: 978-988-8265-31-2